Translating Sufferings Into Blessings

将苦难转化成祝福

陈君恩 著

海峡出版发行集团 THE STRAITS PUBLISHING & DISTRIBUTING GROUP | 福建人民出版社 FUJIAN PEOPLE'S PUBLISHING HOUSE

图书在版编目(CIP)数据

将苦难转化成祝福/陈君恩著. --福州：福建人民出版社，2015.9（2025.5 重印）

ISBN 978-7-211-07154-8

Ⅰ.①将… Ⅱ.①陈… Ⅲ.①随笔—作品集—中国—当代 Ⅳ.①I267.1

中国版本图书馆 CIP 数据核字（2015）第 134301 号

将苦难转化成祝福

JIANG KUNAN ZHUANHUA CHENG ZHUFU

作　　者：陈君恩
责任编辑：谢云英
出版发行：福建人民出版社
地　　址：福州市东水路 76 号　　**邮政编码**：350001
电　　话：0591-87533169（发行部）　0591-87902763（编辑室）
电子邮箱：xyying2006@163.com
网　　址：http://www.fjpph.com
印　　刷：福建新华联合印务集团有限公司
地　　址：福州市晋安区福兴大道 42 号
电　　话：0591-88208420
开　　本：890 毫米×1240 毫米　1/32
印　　张：4.875
字　　数：118 千字
版　　次：2015 年 9 月第 1 版
印　　次：2025 年 5 月第 4 次印刷
书　　号：ISBN 978-7-211-07154-8
定　　价：45.00 元

序

我与福州市盲校的陈君恩老师认识20多年了，他常常邀请我参加助盲志愿活动。公务之余，能和盲校的孩子们在一起，和他们分享生活中的欢乐和忧伤，是我的幸运，我的人生也因此更加丰盈。

前几日，君恩寄来《将苦难转化成祝福》的书稿，请我为这本即将出版的书作序。君恩是位音乐老师，我知道他平日喜欢写词作曲，没想到竟有新书出炉。但联想到他平生曲折，经历又多，且多年来孜孜不倦地学习，今日书成，既在意料之外也在情理之中。翻阅一遍，君恩失明后的生平经历随文字流淌，历历在目。为君恩的乐观及爱心所感动，我欣然提笔，为之作序。

常言道："天有不测风云，人有旦夕祸福。"一个人中途双目失明，就如同被一张无边的黑色罗网扣在其中，与物质、社会及他人处于半隔绝的状态，如果不能挣脱罗网，其命运必然是在黑暗、寂寞、痛苦中过活。君恩真实地记录了亲身经历过的人生过程，从受助到自助、从自助到助人的跨越。30多年来，他以一个个不寻常的小故事，告诉世人，双目失明的困难都可以克服，人生还有什么样的困难克服不了呢！这么多年，君恩就是这样与苦难抗争，一步一个脚印地走下来的。

“天行健，君子以自强不息；地势坤，君子以厚德载物。”君恩常将《周易》中的这句话挂在嘴边，现实生活中，他也是这么做的。君恩自走出困境后，遂以强烈的责任感和悲悯之心去帮助还处在困境中的残疾人，夜以继日，不辞辛苦。“老吾老以及人之老，幼吾幼以及人之幼”，君恩在书中一再提到的“大爱”和“博爱”，正是我们这个时代所提倡的精神。通过阅读这本书，汲取此类真善美的营养，充实的将不只是大脑，还有心灵。

将苦难转化成祝福，这种达观的生活态度，以及由此带来的温暖结局，为逆境中的人证明了人生的另外一种可能——在悬崖边上，你面临的不一定是万丈深渊，你可以调动周围的资源，为自己搭建一座桥，飞渡过去，到达幸福的彼岸。从“超越苦难”这个命题上讲，本书称得上是一本励志好书。

我和君恩的最大愿望是：阅读这本书的每个读者都能更加了解残疾人是如何跨越悲悯人生的。不读这本书，你可能永远也不知道，原来盲人的生活可以这样精彩；不读这本书，你还可能失去从“风声雨声”中听到“琴声”的勇气与机会。

广　敏

2014 年 10 月

目录

第一章　阳光新路

失明后，我才读懂了海伦·凯勒。黑暗，对于她和对于我一样，都是一种缺憾，一种折磨，一种苦难。然而，她说："只要朝着阳光，便不会看见阴影。"我也曾苦闷彷徨，也曾痛不欲生，是亲人的不离不弃，热心人的大善大爱拯救了我，使我浴火重生。面向光明，把影子甩在身后，走一段人生新路，亦是别样旅程。

风沙中的红柳

风沙中的红柳，不会被风暴吓倒，他们顽强地开出淡红色的小花，向着太阳微笑。无惧风暴一次又一次地袭击，他们的根越扎越深，花儿也开得一次比一次鲜艳、美丽！倔强的红柳，不屈命运的安排，在逆境中活出生命的精彩！

1963 年，我出生在福州的一个工人家庭。父亲只有初小文化，母亲没读过书，在我童年时期，他们每月的工资收入只有 60 多元。我有三个哥哥和一个姐姐，大哥小学毕业后在外打工，二哥、三哥和姐姐都是上山下乡的知青。那时候我们家连填饱肚子都成问题，更谈不上为孩子提供良好的教育条件。

上学时，我贪玩不爱读书，放学后与小朋友下象棋，打扑克，玩灌开水、钻桌子等游戏，整天无忧无虑，只知玩个痛快。14 岁双目失明后，我仿佛一夜长大。都说“少年不识愁滋味”，我却过早地品尝了人生的酸甜苦辣，当独自一人困守在空荡荡的家里时，我有足够漫长的时间思考现在、琢磨未来。透过薄薄的木板墙，我竖耳聆听隔壁家的孩子翻开书本、打开文具盒的声音，心里既羡慕又难过。于是，梦中开始反复出现这样一个画面：昔日的小伙伴们都坐上了奔向理想天地的列车，徒留我一人在铁轨旁努力地追赶，任凭怎么用力，即便跌倒了再爬起来，也只能目送列车越开越远……梦醒时分，泪湿眼眶，内心像冬雪光顾过的草原，荒凉刺骨。

别人可以继续读初中、高中，将来还可以上大学，而我呢？我，失明失学的我，只能原地踏步，徒劳地盯着别人登上时代列车，自己却无法紧紧跟上，只因厄运缠身，要抽干我所有的力量。这种忧伤仿佛头顶的乌云，笼罩着我，压迫着我，让我不得安宁。是对命运逆来顺受，还是振作起来，撕开头顶的乌云，求得一线光明？我想到了植根于西北沙丘上的红柳，若非具备顽强的生命力，则必将在干涸中枯萎死去。我愿在绝境中，做一株自强不息的红柳，熬过风暴，熬过流沙，熬过霜雪，在春天于暗灰色的老枝上，露出鹅黄的嫩芽，直至绽放出绚烂的花朵。

那时候，二哥送给我一把吉他，用他的自行车载着我，找他的一个高中同学学弹吉他。后来，一个会弹吉他的邻居又接着教我。在他们手把手不厌其烦的教导下，我终于能够抱着吉他自弹自唱了。音乐，给我黑暗的生活注入了第一缕阳光，为我迷惘的人生带来了欢乐和希望。凭借对音乐天生的敏感，在还没有通晓乐理的情况下，我就会自己谱写歌曲了。

有天早上，我踱步于厨房与饭厅之间，万千思绪涌入脑海，思想转得愈来愈快，脚步也愈走愈急，忽然几句话从脑海中涌现出来：“虽然失去七彩的阳光，我们用心灵感受着光明；虽然道路坎坷崎岖，我们踏出了坚实的足迹。一定要去奋斗，挣脱命运的羁绊，让生命放射出璀璨的光芒。”我迅速把这几句话记下并反复揣摩，只用了一个多小时就写出了《强者之歌》的歌词。写出歌词后，我立即为它谱曲，但只谱出第一句，后面的乐思就中断了，到了下午一点多，乐思涌动，一句又一句的旋律从脑海里涌现出来，我赶紧抓住灵感，把曲谱好。接着，我一边修改，一边大声地唱出来。那样大声地唱歌，声音一定会传得很远，由于心情异常激动，我完全忘了所有人的存在，根本没想到别人会不会认为我发了疯，到后来嗓子唱得完全嘶哑了。这首《强者之歌》是在无我的状态中写成的，后来这首歌被中央人民广播电台 1992 年第六期《广播歌选》选用并播放，还入选《福建优秀歌曲选 1949—1999》。

那个时期，我写了许多这样的歌曲来勉励自己。失明失学后一无所有的我，唯一拥有的是自尊和对于自学能力的信心。但处境艰难的我，还是不愿意见到熟悉的同学和老师。

有一两次，我在路上碰到以前的小学老师，他们很关心地询问我：“君恩，现在眼睛怎么样了？能不能找到像糊纸盒这一类适合你的工作呢？”这样的发问自然是出于对我的关心，而我当时却感到无地自容。落魄至此，心里真有一些“无颜以对江东父老”的感觉，自然也再不愿碰到熟人。

1981 年，和我同届的同学都已高中毕业，有一部分还考上了大学，这个事实使我如梦初醒：就算自己不甘沉沦，但随着时事变迁，我还是无可阻挡地沦为一个落伍者。被时代淘汰的担心重上心头，但那时的我依旧两手空空，无力回天。忧虑与愁苦弥漫心头，经久不散。

1982 年秋日的一个下午，我出门办事路过位于光禄坊的母校——鼓楼区第三中心小学，接近校门口时，听到里面学生喧闹的声音，知道那时正是课间，便走到街对面去，低头匆匆走过。过一会儿往回走时，校园已安静下来，我模模糊糊地看见紧紧关闭的红色校门，就情不自禁地走上前去，用手轻轻地推了一下大门，又低着头走回家。路上，想起以前的同学或考上大学或已有了工作，如今的我，还是两手空空从这里走过，不禁潸然泪下。

回到家，我的心情久久不能平静，脑子里千回百转，忧从中来，不可断绝。晚饭也不吃，黑暗中在书桌上摸索到录音机，便把心中所涌出的旋律录到了磁带里。词曲作好，我忍住眼泪，抱起吉他弹唱起来："我独自从学校门前走过，总想着快点走过。怕老师问我可有了工作。我能对他说些什么，如今我还是两手空空从这里走过。为什么泪珠禁不住滚滚滑落？我从未停止过我的追求，至今仍毫无成就。成功的道路多么艰难，曲折又漫长。只要我能够顽强地朝着目标向前走，曙光就会呈现在夜的尽头……"

命运之神可以夺走我的一切，但无法夺走我的志气。困境中，能支撑心灵、保持精神不倒的唯有自尊和自信，我告诉自己，除了眼睛看不见，我没有任何一点不如别人。我没有读过中学，这种不足可以通过自学来弥补。当我听到窗外的小青年踩着拖鞋从马路的这一边骂到那一边时，我明白我跟他们不一样。我白天自学八个小时，晚上还在作曲。每当别人用很残忍的语言来伤害我时，我看到他们的心灵布满了尘埃，而我庆幸自己正微笑着拂去心灵的阴霾。

每当遇到别人的冷眼、歧视和生活的不公时，我的反应既不是悲伤也不是愤怒。理性告诉我：先唱歌，过两个小时后再想这件事。于是抱起吉他乱唱一通，等到心情平静后再仔细分析目前的处境和将来努力的方向。我常常思考如何在这个拥挤的世界争得一席之地，如何扬长避短选择适合自己的奋斗目标。在处境最艰难时，我特意请人写了一幅“人生得意须尽欢，莫使金樽空对月。天生我材必有用，千金散尽还复来”的书法作品，挂在阁楼的板壁上，作为座右铭激励自己。我欣赏李白的飘逸潇洒、乐观自信，也希望自己能有这样的信心和气度。

就这样，我熬过了 1977 年至 1988 年这段双目失明后人生最艰难的时光。在此期间，我所接触的只有家人和少数邻居，与社会处于半隔绝的状态。那时候，在晚上我偶尔也会与邻里的一群小伙子围坐一起，在马路旁，边弹吉他边唱歌，这样的生活似乎很潇洒，但心里总有一种隐隐的不安和焦虑，我觉得自己在虚度光阴，我的心里潜藏着一种使命感，总觉得有重要的事等着我去做。这种焦虑大概是一个不安于现状的人蓄势待发的内在驱动力吧，虽然狂乱，却足以激活生命。

凭借这股不屈不挠的斗志，最终，我走出低谷，奋力向上，一往无前，人生并没有退化成一片贫瘠的沙漠，而是随着岁月长成了一株挺拔的红柳，于飞沙走石之中，抖擞一季的峥嵘，盛放一树的璀璨。

我的自学之路

从失明失学的无助少年，到有能力帮助别人的阳光人士，可以说，没有自学就没有今天的我，是自学使我走出困境，完成了生命能量的蓄积。回顾我的自学之路，总的来看，有两条自学的主线：第一条是自学歌曲作法，第二条是自学文化课程。

先说自学歌曲作法吧。

我从小就喜爱音乐，读小学一年级时，向二哥学吹竹笛。读四年级时，从二哥的箱子里找到一把口琴，还有一本《怎样学简谱》。我一拿到口琴就能吹许多曲子，我看简谱的能力也是通过读那本书获得的。

我初一读了三个月，视力就开始模糊，眼睛已经看不见书本上的字了。我坐在教室里，无心听老师讲课，眼睛望着窗外一片模糊的景象，心里难过极了，脑海中涌现出这么几句话："还我光明，还我青春，还我聪明才智的源泉。初春的清晨被迷雾笼罩，含苞的花蕊被冰雪覆盖，我的命运啊，我的命运，你给我的只有黑暗和凄凉。日夜盼，盼只盼光明能突然回到我的心间，还我光明，还我青春，还我聪明才智的源泉。"过了几天，我为它谱了曲，这就是我创作的第一首歌。

双目失明后，我的内心异常苦闷，有许多悲伤的情感需要抒发，就常常写下一些短诗，顺着旋律把它们唱出来，而那时候我没有半点乐理知识。现在再看我那时候写的歌曲，多数都不完整，也无章法可言，旋律的起落也是五花八门，根本不符合调式的规律，但也有少数几首例外。我有几首最优秀的歌曲就是在那时候写的，这完全是靠良好的音乐感觉才能做到的。

作为一个曲作者，必须具备记谱的能力，当旋律从脑海里涌现出来的时候，它的节奏是自由的，不太规范的。曲作者必须按照节奏的长短、强弱规律将它定格下来，就如同尘埃落定，这才是一首可以写在纸上的比较规范的歌。

我虽然从小爱唱歌，但并没有去注意歌曲的节拍。双目失明后，二哥送给我一把吉他。当我向老师学弹吉他的时候，老师说：“我忘掉这首歌的节拍了，等我把它写出来后再教你。”然后老师边用脚打拍子边在纸上把那首歌写出来，我坐在旁边非常羡慕，我想如果我也能把自己会唱的歌曲写出来，那该有多好啊！于是，我回家后开始认真计算歌曲的节拍，并用食指将歌曲以简谱的形式在桌面上写出来，这样背唱、默写了二三十首歌曲后，我便掌握了“切分音”“附点”“弱起拍”“同音连线”等各种各样的节奏型，具备了记谱能力。当我谱好一首歌曲后，就将纸折成长条，用圆珠笔把歌谱写出来，然后请人帮忙在音符的底下填上歌词，并且抄正，这就是我学习记谱的全过程。虽然我的学习方法和音乐学院学生的学习方法不一样，但殊途同归，学习的目的达到了，结果都一样。

跟着广播学唱歌，是我提升音乐素养的一种重要方法。俗话说：“熟读唐诗三百首，不会作诗也会吟。”欣赏水平决定了创作水平，欣赏时对细节的敏感程度决定了创作时对细节的处理能力，歌曲听多了，自然有助于培养乐感和提高创作水平。那时候福建人民广播电台和福州人民广播电台都有《每周一歌》节目，这档节目在一周内将同一首歌曲重播近 30 遍，收听《每周一歌》节目是我学唱歌曲的最好途径。收听的时候我会特别留意歌手在演唱过程中的各种技巧，像“倚音”“波音”“呼吸”“顿挫”等。学唱歌曲为我打下了很好的音乐基础，使我在歌曲创作时有能力对歌曲进行细致的处理。

从 1977 年我写出第一首歌曲到 1981 年，这四年时间，我只是通过中央人民广播电台《音乐信箱》栏目了解到一些简单的乐理知识，如大调式以DO为主音，它的音阶排列是DO、RE、MI、FA、SOL、LA、SI、DO；小调式以LA为主音，它的音阶排列是LA、SI、DO、RE、MI、FA、SOL、LA。大调式通常结束在DO上，小调式通常结束在LA上。在这些简单的乐理知识的帮助下，我完成了《强者之歌》《不敢从这里走过》《扑进大自然的怀抱》等歌曲的创作。

从1981年到1983年，我一直坚持收听中央人民广播电台的《中等师范学校四年制音乐课本讲座》栏目，通过这样的学习，我有了相当扎实的乐理基本功。

从1977年到1985年，我已经创作了相当多的歌曲，但心里总觉得没把握，很希望能够系统地学习作曲理论。有一天，我从广播里听到了中国函授音乐学院理论作曲系招生的消息，当时我既兴奋又犹豫，兴奋的是有机会系统地学习作曲课程；犹豫的是那时候我没有工作，每学年195元的学费对我来说相当昂贵。我先把这个想法跟平常关照我的三嫂说，她说："这是个好事啊！我帮你跟爸爸说，如果有困难，我来帮你。"我父亲知道后也很支持我读函授大学。就这样在家人的支持下，1985年我考入了中国函授音乐学院理论作曲系，开始了函授大学的学习。

学校给我寄来了许多录音磁带，但磁带里只有谱例，并没有老师讲课的录音。老师讲课都写在书本里，我眼睛看不见，只好请三哥帮忙，把书本读一遍，录在磁带里，这样我就能对照着磁带里的谱例进行学习了。

光靠听书本的录音，要读懂理论作曲系的课程并不容易，我必须从字里行间读懂作者想要表达什么意思。我多数是在晚上十点到半夜两点这段时间来读函授课程，因为在夜深人静时，精神比较容易集中。像《作曲技法》《曲式学》这些课程，我对照着谱例录音带比较容易读得懂，但《和声学》这门课程读起来却十分困难。四个声部的和声必须眼睛看着五线谱在钢琴上弹奏，才能理解其中的内涵。我眼睛看不见五线谱，家里也没有钢琴，“四部和声”的录音谱例，我从录音机里很难听清楚，在眼睛看不见五线谱的情况下，仅凭着文字介绍，很难读懂《和声学》。我必须努力集中精神，稍微有一点走神，就会听不懂。如此精神高度集中听读《和声学》，还不到两个小时，就会感到脑子眩晕，房子在旋转。有时候，我趴在桌面上，犹豫许久才鼓足勇气把录音机打开，因为一打开录音机听读《和声学》，便觉头疼。我在读函授大学期间只读懂了《和声学》的前几章，整本《和声学》是我后来在长春大学读书时，在孟宪君教授用特殊的方法指导下才读懂的。

我在读函授大学期间读懂了《作曲技法》这门课程，无论从内容的深度还是广度上来看，我对其掌握程度，都远远地超过了后来在长春大学所学到的。通过函授大学的学习，我对自己创作的歌曲从不知道怎么修改到会修改，从担心不符合作曲法的规则到突破作曲法的条条框框，自由地进行创作。我就这样一步一个脚印朝着自己的梦想前进。

除了学习作曲方面的知识，我还自学文化课程。

生活在信息爆炸时代里的青年很难想象30多年前人的精神生活有多匮乏，那时候只能通过广播获取信息。当时的广播节目就像有声杂志，许多专题节目都是由名家撰稿、著名播音员演播的。那时候我最大的梦想就是拥有一台半导体收音机，后来二哥帮我实现了这个梦想。

我的内心非常渴望获得知识，像一个饥肠辘辘的乞儿，只要广播里一播放知识含量较高的专题讲座，我就恨不得像吃鲜香四溢的美食一样，一口将它吞到肚子里。中央人民广播电台的《科学知识》《讲卫生》《文学天地》《阅读和欣赏》《外国音乐欣赏》等节目和各种各样的名曲介绍，像磁石一样吸引着我。父亲看到我如饥似渴地从广播里学习知识，就想为我创造更好的学习条件。1980 年，在经济并不宽裕的条件下，父亲花了 260 元为我买了一台质量相当好的收录机。我如获至宝，经常用收录机将中央人民广播电台的品牌节目《阅读和欣赏》录在磁带里。有了它，我才可能把张若虚的《春江花月夜》、曹操的《短歌行》、《战国策》中的《邹忌讽齐王纳谏》、韩愈的《马说》等古代文学名篇背诵下来。同时，我还从广播里欣赏到了名家撰写的古诗词赏析文章，这大大拓宽了我的艺术想象空间，也丰富了我的语言词汇。那台收录机的短波性能特别好，由于经常听短波里的华语节目，我对国际政治、经济、军事、宗教都有所了解。后来，我还在收录机里收听了中国农业函授大学的化学课程及中国中医刊授学院的大部分课程，还特别认真地听了《医古文》的课程。

失明后，我几乎足不出户，与社会日益脱节，是收音机打开了我思想的天窗。透过这扇天窗，我看到了社会的进步，呼吸到了新鲜的空气，也尽可能地跟随时代的脚步，不至于成为落满尘埃的老旧之物，萎缩于阳光照不到的隅角。

渐渐地，广播已满足不了我强烈的求知欲望了。这时候，一台 17 英寸的黑白电视机闯进了我的生活，带给了我另一番世界。那是 1986 年，一次偶然的机会，我发现电视在播放讲座，听了一会儿，发现是电视教育频道，里面有许多针对中学教师开设的培训课程。我喜出望外，从此每天上午从8点到12点听4节课，下午从3点到7点再听4节课。遇到特别喜欢的课程，就用收录机对着电视的喇叭将老师的讲课内容录下来，深夜里，独自一人坐在厨房里，复习白天所录的课程，将定义背下来后复述一遍录在另一盒空磁带里。这就是我所做的特殊的有声读书笔记。

1986年到1988年这两年间，我听了许多电视大学课程，其中有《中国古代史》《中国近现代历史》《中国革命史》《中国文学史》《欧美文学史》《文学概论》《普通心理学》《儿童教育心理学》等。虽然眼睛看不见，但我还是尽力地抓住各种学习机会，最终成功地摆脱了沦为半文盲的命运。

自学成才已属不易，一个盲人的自学之路之曲折险阻就更可想而知了。“千淘万漉虽辛苦，吹尽狂沙始到金。”从失明失学少年到音乐教师、福州市盲协主席和福建省政协委员，踏平坎坷，不懈追求，我终于走出了一条洒满阳光的新路。

爱的天空

法国思想家、文学家罗曼·罗兰说：“爱是生命的火焰，没有它，一切变成黑夜。”37年前，当世界在我的眼前徐徐落下黑幕时，我以为此生必将陷入永夜。如今再回首，方觉当年的想法是多么幼稚！我怎能忘了身边还有我的至亲——他们无论何时何地，都没有放弃我，更没有离开我！还有那些曾温暖我、感动我的邻里师友。

爱的天空

（词：潘力鹰　曲：陈君恩）

爸爸是天天照耀的太阳
妈妈是夜夜走过的月亮
日夜穿梭，寒来暑往
太阳月亮为我编织梦想
温暖的太阳，爸爸的坚强
皎洁的月亮，妈妈的慈祥
春秋冬夏，故乡他乡
爱的天空
总有笑声回荡

这是我来自北方的妻子想念远在千里之外的父母时所写的一首歌。以前我自以为读懂了这首歌，其实不然，我只是读懂了歌词的表面文字，并未读懂其中的深刻内涵。直到 2001 年的某一天，我听到母亲说的一句极平常的话，一下子领悟到父母之爱是什么，同时，也读懂了这首歌词的内涵。

那天，母亲坐在客厅的小板凳上，兴致盎然地和我聊着陈年旧事，聊着聊着，她突然话锋一转，说："我每天啊，心里总是有些焦虑。"我赶紧问她为什么。她回答说："我总是挂念着你们父子俩（她是指挂念我和我的儿子陈国苏），总是放心不下。"我的眼睛顿时有些湿润，那一刻，突然领悟到父母之爱就是绵绵不绝穿越时空的挂念。不论孩子走到哪里，也不论孩子是否成年，父母的挂念总是聚焦在孩子的身上，犹如追光灯紧紧追逐着演员的身影。我能想象到母亲牵肠挂肚以致黯然失色的表情，她的愁绪一定如头上的白发一样多。想到这里，我真想抚摸母亲雪染的鬓角，轻声安慰她："您放心吧，您的儿子已经是一个有能力的中年人，您的孙子也就要长大……"但我知道关心则乱，谁能说服一个母亲忘记她心爱的儿孙呢？

由此，我想起了很多被我忽略掉的小事。母亲在洗衣服时，有时候会不自觉地叫一声"恩"，此时保姆便提醒她："君恩不在家，他上班去了。"母亲何尝不知道我不在家，在长春读大学时，她也是如此呼唤我，就连她一个人走在街上，也会这样不自觉地叫"恩"。这早已成为她的习惯，仿佛一刻也离不开我。我上面有三个哥哥和一个姐姐，为什么母亲不呼唤他们的名字？数十年来，她一声声呼唤我的名字，只因我的眼睛看不见，我的苦乐，早已占据了她心灵的全部。

"谁言寸草心，报得三春晖。"母爱如照进我心灵世界的第一缕阳光，驱散了"黑云压城城欲摧"的灰暗。有母亲在，我的字典里就不存在"绝望"二字。

同样，父亲在我的生命中也是极其重要的。他，沉稳厚重，给我如山的爱，挽狂澜于既倒，扶大厦之将倾，双手擎天，稳住了我摇摇欲坠的世界。

我忘不了在我失明后，父亲曾说："君恩眼睛看不见，只有我特别爱惜他，他的兄弟才会爱惜他，别人才会尊重他。"在那段艰难的日子里，是他用有力的臂膀保护着我，使我脆弱的心灵免于进一步受伤。

1978 年，那时我二哥和三哥都是上山下乡的知青，他们最大的愿望是回城工作，这件事也是当时中国许多家庭的头等大事。但我父亲认为为我治疗眼睛比二哥和三哥回城的事更重要，便将全部的财力和时间用在送我去上海治疗眼睛上。他向邻居借了 500 元钱，陪我辗转于上海第六医院、瑞金医院，最后住进了上海第一医院。由于当时家庭经济特别困难，住院治疗期间，为节省花销，每天清晨父亲拿着两个大号茶缸，花 1 角 2 分钱在街上买了干饭，带回来就着医院里面的免费菜汤充饥，晚上只能睡在我病床旁的地板上。

在名医赵东生教授的治疗下，我的眼睛恢复了一些视力，为了让我的眼睛康复得更好，父亲或哥哥每天都要骑半个多小时自行车，到洪山桥“自由市场”买一斤猪肝拿回家炖叶下珠给我吃。记得在 1979 年春节前，一个寒冷的清晨，雨下得很大，父亲穿上雨衣准备出门去买猪肝，我当时心里真希望父亲不要再为了我的眼睛奔波，顶风冒雨，饱尝辛苦。但是，父亲还是毅然走进了风雨中……

双目失明后，听收音机成了我生活中最大的乐趣。父亲为了使我的生活增添一丝欢乐，居然花 130 元买了一台上海产的海燕牌电子管收音机，这台收音机花掉了他整整 3 个月的工资！它的音色之美，给我带来的喜悦令我至今难以忘怀。

上大学后，远离父母家人，我常常感到孤单。每到这时，我就一个人坐在琴房的窗台上，一边喝啤酒，一边听着录有家人声音的磁带，心灵得到很大的慰藉。盼到寒暑假回家，我就陪着父亲听闽剧、评话，当他听到兴奋处哼唱起来，我也会忍不住跟着哼唱两句。和亲人在一起，那种心的相通、爱的交融，让我身心放松，快乐无比。

在父母的影响下，我们兄弟姐妹间也相处融洽，手足情深。就拿二哥来说吧。二哥爱唱歌、吹笛子，他在做事情的时候，总喜欢让我陪在身边，比如他在糊顶棚时，总叫我在旁边打个下手。其实我眼睛看不见，也帮不了什么忙，他的用意是希望我陪他唱歌、聊天。他就是用这种方式教会了我 60 首左右的外国民歌。后来，他到农村插队，在田里劳作一年，赚来了 18 元。他用这仅有的 18 元给我买了一把吉他。

1985 年，我在学习中国函授音乐学院理论作曲系的课程，函授大学寄来的都是明眼文课本，对我来说，必须将课本录成磁带才能阅读。于是，每天晚饭后，三嫂便主动对三哥说："你去帮君恩录书吧，洗碗、带孩子就由我来做。"就这样，在三哥三嫂的帮助下，我才得以把函授课程进行下去。这些细微的事情，现在每每想起，心中就充满了感激之情。

给我的天空增加亮点的还有这样一些人，他们对我无所求，无所望，虽只是我生命中的过客，却在我生命中留下了浓墨重彩的一笔，丰富了我的人生画卷。

我小学读了五年，初中只读了三个月，眼睛就突然看不见了。但我喜欢音乐，也急于向社会证明自己并非无用之人，便在自学了谱曲之后，向《福建音乐》投稿。家人觉得我的愿望太不切实际了。在他们看来，作曲是一门高深的学问，只有接受过音乐学院专业训练的人才有可能作出像样的曲子，像我这样的"半文盲"学习作曲，不过是小孩子的游戏。那时候我很担心自己创作的歌曲不规范，渴望有作曲老师给予指导。二哥的一个朋友见我天天弹吉他，便把他认识的福州军区前锋文工团首席小提琴手、专业作曲家门春喜老师介绍与我认识，之后，门老师经常抽空上门指导我。而我和另一位老师——何群茂老师的相识则颇有些奇特。有一天，我闷在家里百无聊赖之际，突然听到有人敲门，我隔门问是谁，答话的是我们家街对面理发店里的依桂老师傅。打开门，却进来了两个人，依桂老师傅介绍说："我给你带来一个大人物，这是福建人民广播电台主任编辑何群茂老师。"何老师亲切地说："我在街对面理发时，师傅说你喜欢音乐，很有天赋，我很感兴趣，过来看看你。”我喜出望外地说：“我没有学过乐理和作曲，对自己写的歌没有把握，请老师帮我看看，指导一下。”何老师看了我创作的《扑进大自然的怀抱》《望》等歌曲后，便对我父亲说：“我现在在省艺校大专班教作曲，我觉得君恩写的这些歌曲比我的那些学生强多了。”老师的一句话，让父亲对我学习作曲有了信心，我自己更别提有多高兴了，仿佛走在漆黑隧道中的人，终于看见了前方的一线微光。“你写的歌整体来说结构完整、旋律流畅，不过某些地方改一下会更有韵味，更有表现力。”何老师说着，拿起桌子上的钢笔就在纸上修改起来，改好后，还一一唱给我听。我心里真是感动极了。

我与两位恩师本来素不相识，是音乐超越了年龄，超越了职业，超越了地位、身份的限制，把我们联系在一起。但我知道，他们为我所做的一切，不只是出于惜才爱才之心，在他们内心深处，爱如莲开，弥散着善意的馨香。

和他们同样心中有爱的还有我生命中的另一个“贵人”——乌老师。

1987 年，我认识了福州市盲聋哑协会副主席陈加谷和他的妻子盲聋哑学校的乌红老师。乌老师知道我比较擅长音乐之后，就想介绍我到盲聋哑学校担任音乐代课老师。在盲校当老师必须先学会盲文，因此乌老师带我到盲校去学习盲文，没想到乌老师这份善心，在我人生最关键的时候，起到了决定性的作用。

1988 年，长春大学特殊教育学院（以下简称“特教学院”）音乐系首次向全国招收盲人大学生，华东区的考点设在南京。华东六省一市的民政部门总共推荐了 64 位考生，在南京艺术学院先进行音乐专业考试，然后再进行文化科目考试。

有12位考生通过了音乐专业考试，获得了文化科目的考试资格，我也幸运地在这12位考生之列。其中有1位来自山东的考生，他的音乐专业很好，但不会盲文，当我们11个人坐在教室里参加文化科目考试时，那位山东的考生在考场外哭了起来。那时候我心里感慨万千，心想：乌老师，感谢您！如果去年您没有介绍我去学盲文，今天的我也只能在考场外面哭泣了。

当年我和其他三名考生一同考进了长春大学特教学院音乐系，在1989年元旦来临之际，我将一首名为《爱心》的歌写在贺年卡上，寄给了陈加谷夫妇。

爱　心

（词曲：陈君恩）

你是一股清流
荡涤着世间的尘埃
你是一片阳光
扫除了心底的阴霾
你是一股暖流
温遍了人们的心怀
你是一座桥梁
连接起心的断带
啊，爱心
你是拥抱世界的真情流露
仁爱之心发自肺腑
让我捧出我的心
让你付出你的情
这美丽的世界就会充满温馨

其实，这首歌不仅是对陈加谷夫妇，也是对家人，对依桂师傅，对门春喜老师与何群茂老师，对所有帮助过我的人的感恩之作，是对人间真爱的颂歌。因为有你们，我的天空不再暗如永夜，而是天朗气清，还不时飘来一朵七彩的祥云，吹来一阵温柔的轻风，送来一缕沁人的香气。

第二章　我的大学

“时光的河入海流，终于我们分头走。”大学期间，红尘一遇，相知相交，免不了曲终人散，只剩回忆深深浅浅。那些年有艰难辛酸，也有光辉灿烂，更有无可奈何，像层林尽染的秋季，再红的枫叶也会随风凋落，再美的遇见也不过是刹那间。只是经过了大学的洗礼，我才在往后的岁月学会享受布衣恬淡的生命。

成长岁月

刚毕业那几年，我常常梦见自己站在雪花飞舞的东北土地上，寒风吹过，送来熟悉的大学同学的欢声笑语，在我耳边缭绕万千……醒来后，心中感到长久的失落。打开录音机，找到蔡琴的《被遗忘的时光》，按下播放键，凄美的旋律在黑夜中纵情流淌：“是谁在敲打我窗？是谁在撩动琴弦？那一段被遗忘的时光，渐渐地回升出我心坎……”

“光阴似箭催人老，日月如梭趱少年。”时光苍老了容颜，如秋霜染白了枫叶，昔日故人，别来无恙否？年少轻狂，岁月何曾许我天下，我却凭着一腔热情，试图使生命的冰雪融化。随心而行，能量爆发，再也没有什么能够让我害怕。这都是大

学生活赐予我的，一个全新的世界在我眼前展开。

1988 年 10 月 10 日是长春大学特教学院新生报到的日子。那天，父母带着我到了长春大学。走到校门口，我手扶着宽大的校门，心里感慨万千：从 1977 年双目失明后整整努力 11 年，终于在这一天迈进了大学的门槛。等到月明风清，等到烟花绽放，等到瓜熟蒂落，为这一天，我等了太久，然而所有的付出与等待都是值得的！激动和喜悦的泪水在我眼眶中荡漾，想起当时听到我考上大学的消息的时候，整条街都轰动了，大家本以为没有出息的陈君恩却考上了大学。为什么没出息呢？失明不是人生的终结，而是要做好心理准备，开启另外一种人生。原来，人生真的不只一条路可以走。

走在校园里，我感觉路是那么宽阔，阳光是那么明媚。一路上听着同学们的北方口音和远处篮球场上传来的声音，都觉得很新鲜。广播里一直播放着全校师生的欢迎词，我心里暖暖的。

特教学院大楼前，摆着一排桌子。我在那里办理报到手续时才知道，长春大学免收残疾学生的一切费用。辅导员带着我走进 104 宿舍，我伸手摸了一下我的床铺，被褥、毛毯、大衣等生活用品一应俱全。我怀着喜悦的心情，开始了大学生活。

在我去长春大学前，母亲很不放心，她很难想象一个双目失明的福州孩子怎样在冬天零下 20 ℃的长春独自生活。她说：“我要亲自到学校看一下才能放心。”当她看到了学校的精心安排和北方人的热情，心里才有了着落。校长王野平亲自设晚宴招待残疾学生的家长，并热情地说：“你们把自己的孩子当作掌上明珠，千辛万苦才培养成今天的大学生，现在你们把他们交给了我们，我们也一定会把他们看作掌上明珠一样培养成才，请你们放心吧！”父母听到这席话，心里很宽慰，怀着对学校的感激之情离开了校园返回福州。

万事开头难。在新鲜劲过了之后，我和其他特招学生就面临着学习和生活的重任。

由于我们是中国第一批盲人大学生，国内当时还没有相应的盲文课本。上课时，我们用盲文做笔记，如果部分笔记来不及抄写，下课后我便提着录音机请视力正常的同学帮忙，将他们的笔记录在磁带里给我。

我们班上有 22 位同学，其中半数是盲人，他们都是来自各省的优秀学生。临近考试时，有的同学说他们的笔记已经背了 50 多页，我感到很惊讶，担心自己落后于他们。我知道自己记忆力不如其他同学，便在每天睡觉前，或是将盲文笔记本放在棉被上摸读，或是用耳机听录音磁带里的笔记，尽量将那些内容理解掌握。

对我来说，最大的困难是没有盲文钢琴谱。每一节钢琴课结束前，老师会布置下节课的内容叫我们预习。于是，我们这些盲人学生只好拿着《高师钢琴基础教程》《小奏鸣曲集》等课本，到处找视力正常的同学帮忙读五线谱，我们好将它们翻译成盲文的钢琴谱。视力正常的人是眼睛看着五线谱弹钢琴的，而我们这些盲人却要先将右手的和弦背下来，再背左手的和弦，最后将左右手组合起来练习。钢琴曲是多声部进行的，它与二胡、笛子等单声部乐曲相比，曲谱结构要复杂得多，因此盲人学钢琴非常不容易。这就不难理解为什么历史上有阿炳那样拉二胡的绝世高手，却没有弹奏钢琴十分成功的盲人奇才。对于我们来说，只有花更多的工夫来练习，我们每个人都很珍惜这来之不易的学习机会。每天晚上十点是熄灯的时间，这时候值班老师会带领学生会干部将我们一个个从琴房赶回宿舍，待查寝结束后，许多同学又偷偷溜回琴房，抄写盲谱，反正熄灯对于我们毫不影响。

学习《和声学》也像学钢琴一样，是用我们盲人的特殊方法进行的。当时指导我们这一课程的是著名的孟宪君教授，他的教学以耐心和细心著称。通常，音乐学院的学生是眼睛看着五线谱、以钢琴为工具为旋律配和声，老师也是看着五线谱为学生批改和声题的。而我则是将配好的四部和声按照纵横排列好写在盲文纸上，然后再摸着盲谱，用圆珠笔以简谱的形式将音符标注在盲谱的右边，这样孟教授便可以看着简谱为我批改和声题了。

和一般人比起来，我要学会一样东西，往往要多付出数倍的努力。其中的辛苦，如人饮水，冷暖自知。但我从来不抱怨什么，因为脚踏实地比眼高手低要好得多。

除了学习上的困难，摆在我面前的还有生活问题。在去长春读书之前，我几乎足不出户，好似笼中鸟，而我的其他同学都在盲校学习过，已有了许多集体生活经验。于是，我成了班里生活自理能力最差的一个，走进大厅转一圈就不知道门在哪里了。有一次，我跟着另外两位全盲的同学在校园里行走。突然，一位同学停住了脚步，说："前面有柱子。"我很奇怪，问他："你眼睛也看不见，还没撞上，怎么就知道有柱子的？"他说："我听到了。"我更奇怪了："柱子不会讲话，你怎么听到的？""如果前面没有柱子，在听觉上有空旷的感觉。如果有柱子，走近时，这根柱子就阻碍了这种空旷的感觉，在听觉上有压抑感。"我十分羡慕他有这种超能力，很想学学，于是停住脚步，在那根柱子前反复地做试验：先退后两三米，然后再往前走，重复了好多遍，我终于感觉到了那根柱子在声音上的压抑感。经过一段时间的练习，我终于可以靠这种"空旷感"与"压抑感"，以楼房、墙壁为参照，走路时能始终与它们保持一两米的距离，这样就更有了方向感，路线也能走得更直。自此，我信心大增，敢一个人上路了。

我们班上许多双目失明的同学，都能自己去图书馆、食堂，甚至校外的市场。我请张健同学帮忙，把校园内的楼房、道路、操场的相对位置详细地介绍给我。张健还耐心地教我用手指在桌面上画出校园的平面地图，然后带着我去实地感受这些路和楼房之间的相对关系。最后，张健让我在前面走，他跟在我身后进行讲解。在张健的帮助下，我逐步学会了独自行走。后来，我经常一个人去图书馆、电教馆或是去树林里散步，生活变得自由多了。

我们学校的树林中间有一个种着一棵大松树和许多丁香花的大转盘。以转盘为中心，放射出四条大路和两条小路。平常我喜欢在树林里散步，等到我想去别的地方的时候，便绕着转盘走到我想要走的那条路的附近，静听路上的脚步声和车轮声，以此判断那条路到底在哪里。自行车一辆辆从我身旁驶过，顺着自行车轮胎与路面摩擦的声音，我的头脑会随之勾勒出一条路线，沿着这条路线走，肯定没错。有时需要走出校门，我便朝着校门的大致方向走，一边走一边凝神细听远处路上的汽车声，因为隔着围墙飘进来的车声和直接从门口传进来的车声是不一样的，声音最清晰的那个点，就是校门。

在练习走路的过程中，我也遇到了一些困难。虽然我认识路，但却无法避开路上的积水和烂泥，脚踩进去了我就装作若无其事的样子，回到宿舍后，连脚带鞋袜一起放在水龙头下冲洗。冬天的长春天寒地冻，路面上有很多冰，走着走着忽然觉得眼前一亮，我就仰面朝天滑倒了。有时睡觉的时候觉得身上怎么这么疼，想了一会儿：哦！原来是前两天摔的。在眼睛看不见的情况下，独自行走虽然困难很多，但我觉得自己更自由了，空间更大了，因此我无畏无惧，大步行走于校园内外。

虽然学会了独自行走，但在生活上还是有很多的困难和问题。

大学的第一学期我自己去食堂吃饭，由于行动不便，常常要花很长时间才能走到食堂打上饭，特别是冬天天气很冷，等我打上饭时，饭菜都已经凉了。而我们所喝的水是工友从食堂里挑回来放在保温桶里的，由于中间经过多个环节，保温桶里水的温度变得很低。过了一个多月，我就觉得胃很不舒服。有一次，徐朝阳同学到食堂里打了一壶热开水回来，我连喝了好几杯，那时候对我来说，能喝上一口热开水就是一件很幸福的事了。

由于我去食堂不方便，所以只要有同学外出，我便会托他们帮我买些面包或馒头回来。而长春的空气很干燥，面包放两三天后就会变得很硬，我得把面包蘸上水才能吃。有时候，半夜从琴房回到宿舍，觉得肚子很饿，一提水壶却是空的，没办法泡奶粉，只好一勺一勺地干吃奶粉。后来，特教学院改善了用餐方式，每天请食堂的工作人员给我们送餐，并添置了烧开水的锅炉。

长春的天气很冷，冬天自来水的温度很低。我在水池里洗了几件衣服手就冻得通红，因为手冻麻了，碰到门框也不觉得疼。冬天长春的气温在零下 20 ℃左右，并且狂风如刀，我穿着棉衣、棉鞋、棉帽迎着风走路仍冻得直喘气，晚上睡觉时听着窗外呼啸的北风，切身体验了岑参《白雪歌送武判官归京》中的意境。

上大学前 11 年的青春年华，正是学习的关键时期，我却基本上游离于社会生活之外，待人接物全凭想象，显得过于理想化了。这就如同 18 世纪欧洲小说中的贵族青年穿越到了 20 世纪 80 年代末的大学校园，显得那样木讷和格格不入。

有时候室友说话会时不时夹杂些脏话，他们见我一脸懵懂，觉得不可思议，追问我："你是真的听不懂那些话吗？"我回答："我以前没在北方生活过，整天在家里，语言的唯一来源就是收音机，播音员可不会在读新闻稿时蹦出两句粗话。看样子，我不能光会书面语言，也要学会和生活打交道咯。"此后，虽然我还是没讲过一句粗话，但我尽量融入集体之中，和他们交流趣闻和想法，一同嬉笑怒骂，有时还会和大家伙儿一起出去喝酒。

不过，我当时还是一门心思花在学习上。我整天在想怎么写好歌曲，仿佛一颗心都不在这个世界上。有次刚走到二楼，就问同学是几楼了。更可笑的是，有一天，我刚吃完午饭，只到琴房转了十几分钟，回到宿舍，得知室友周勇要去吃午饭，便拿起饭盒对他说："请你带我一起去打午饭。"周勇说："唉！

我刚才看见你坐在这里吃午饭了呀!”“啊?我吃过了吗?我得站起来感觉感觉。”于是我站起来，感觉了一会儿，觉得肚子不饿，才对周勇说：“大概我刚才吃过了吧!”周勇见此情景，禁不住哈哈大笑。现在回想起来，我也觉得自己当时够呆的!

在刚上大学的时候，只有一件事是我的心结：我对于自己的自学能力和工作能力都很自信，但在女生面前却很自卑。这种自卑不是天生的，是人身处不受尊重的环境中逐渐形成的，只有变迁到一个受人尊重的生活环境中，自卑心理才可能逐步淡化。到长春上大学后，和谐包容的校园环境和长春姑娘的热情使我渐渐摆脱了自卑。

师范部英语专业的李清同学虽然来自高干家庭，但她以平常心与我交往，对我爱护有加，有时还会不辞辛苦带我坐公交车，去东北师范大学向音乐系主任高鸿亮教授学习作曲。最使我难忘的是有一年寒假我没有回福州，李清同学冒着严寒到特教学院来看我，临走前还把我的被套、床单、衣服整理了两大包带回家清洗。

另外还有热心的张洪珍同学，有次她告诉我：“12月的水这么冷，我可以把你的衣服带回家用洗衣机洗，反正人也不累。”于是我便将许多衣服交给了她，没想到那一天是“一二·九”学生运动的纪念日，学校里有一些活动，她没能回家。第二天我才发现，张洪珍和孔翎燕将我的衣服在学校的水池里洗好后，挂在了我的琴房里。我心里既感动又内疚：长春冬天的水冷得刺骨，洗完这么多衣服她们手都要冻麻了吧，早知道她们用手洗，还不如我自己洗。

长春人的热情犹如熊熊烈火，把我心中那自卑的藩篱烧得干干净净。我终于解开了心结，生活也变得更多彩了。

大学是让青年锻炼成长的大熔炉，冶炼中，虽然有苦痛，但最终会收获成长。如果在性格上存在某些弱点，不要心虚，无须掩饰，让它暴露出来吧，待碰壁后，心理素质、抗压水平将会得到大幅度提高，然后以崭新的面貌迎接下一阶段的工作、生活，这对你的人生更有益！

时光荏苒，美好的记忆却不会被轻易遗忘。当我伫立窗前，看那缓缓飘落的小雨，不言不语，忍不住回想起过去那一段荡气回肠的成长岁月。

那一年，那场音乐会

失聪的贝多芬说："音乐是比一切智慧、一切哲学更高的启示，谁能渗透我音乐的意义，便能超脱寻常人无法自拔的苦难。"如果黑暗无法改变，那么就用音乐改变生活。在长春大学特教学院学习生活的三年，我遨游在音乐的海洋，并成功举办了人生的第一场个人作品演唱会。

长春大学特教学院将中国残疾人中最优秀的音乐人才集中在一起，可谓卧虎藏龙，高手如林。来自西安的刘学君同学，七岁开始学弹琵琶，演奏水平相当于中央音乐学院琵琶专业本科生的水平。我刚到长春上学时，一天晚上路过琴房，听他弹奏《十面埋伏》《阳春白雪》《霸王卸甲》等乐曲，深深地为他高超的音乐水准所震撼。学院为我们的成长也花了很多心思，学院的专业老师都是从吉林艺术学院、东北师范大学音乐系请来的。为了让残疾学生中最优秀的五个男高音学生的声乐水平提高得更快，学院每周六下午从哈尔滨歌剧院请程露老师来给他们上课。然后，程老师再坐周一上午的火车回哈尔滨。后来，程老师去了德国，学院便每周末将那几个同学送到沈阳音乐学院学习。由此可以看出，学校为了培养残疾学生是不遗余力的。

特教学院硬件设施齐全，师资力量强大，更重要的是不拘一格，全心全意为学生服务，每一个学生都奋发图强，相互学习，共同进步。在这浓厚的学习氛围下，我的创作热情高涨，刚开始仅是每周在自己的小圈子里发布一首歌曲，被同学们戏称为“每周一歌”。后来我便想要举办一场个人作品演唱会。

1991 年 2 月，即在大学三年级下学期，我便把在长春大学举办个人作品演唱会的想法跟同宿舍的同学们商量，希望借助一场音乐会，为我和同学们各展才艺搭建平台，释放我们的青春激情，实现人生价值。这个想法立即得到同学们的热烈响应。键盘手李红革说：“除非我手断了，不然到时候一定会帮你弹。”鼓手周勇、吉他手周小渝、贝斯手徐朝阳、电子合成器演奏员丁炜都很支持我举办这场演唱会。特教学院的领导和老师们也全力支持。有了他们的支持和帮助，我更有信心和决心把演唱会办起来。这不仅可以展示我的作曲才华，而且可以让我们学院的其他同学各展所长。

于是我和同学们开始忙碌起来，利用周末或没课的时间进行排练。李玉林、耿志红、张卓、罗芝敏、柴慈双等同学一起承担演唱我所创作的歌曲的任务，崔尔丽同学负责写台词，美术系的同学负责做舞美。那一段时间，我白天忙着指导排练和联系工作，晚上跟同学一起写台词、教歌。半夜，躺在床上，我还计划着明天的工作安排。

参与这场个人作品演唱会的人员达到 30 多个，这对我的组织、协调、管理能力都是极大的挑战。

有时，某项细小的工作没有安排到位都会影响到排练的进行。例如，有一天晚上排练结束后，连接音箱的导线需要焊接，我便把导线交给了老冯，委托他修理。晚上 10 点多，老冯将导线焊接好后交给了我。当时，我忽略了要把导线拿到排练厅试一下，等第二天上午十几个同学开始排练时，发现音箱不响，那时我只觉得一粒一粒的汗珠从后背流了下来。然而大家也无计可施，十几个同学只好草草排练了两首歌就结束了。另外一件事情也使我印象深刻。我通过赵伟老师的朋友从“长影乐团”借来音响，想当然地认为音响自带有录音卡座。演出开始之前，我把录音带交给音响师，请求帮忙录音，音响师接过磁带，很遗憾地说：“你之前没有提及需要录音，我们没有把卡座带来。”无奈，我只好赶紧借来录音机，以外录的方式记录下了作品演唱会的实况，但外录的效果毕竟不如从调音台直接内录的好。这两件事情给我的教训颇深，后来再组织大型活动时，我尽量将每一个细节都考虑到，随时随地将考虑到的问题记录下来。

1991 年 4 月 6 日下午两点，终生难忘的时刻终于到来了。“陈君恩创作歌曲演唱会”在长春大学大礼堂如期举行。现场气氛特别热烈，连礼堂的后面都站满了观众，甚至有许多同学坐在窗台上观看。长春大学王野平校长、中国盲人协会主席甘柏林教授、著名作曲家尚德义教授等贵宾莅临现场。那天的音响效果之好，同学们的歌声之美，至今仍萦绕耳畔。周小渝同学在演唱《也许过于珍惜》时，拿着麦克风的手在瑟瑟发抖，眼里盈满泪水，让在场的观众无不动容。王校长、甘教授和尚教授是流着泪看完全场演出的。坐在观众席上的我百感交集：过去的愤懑与辛苦，经过音乐会炽热火焰的灼烧，全都升华成了荣耀与喜悦，淬炼成一生最美的时刻。

傍晚演出结束后，班长周勇组织同学将钢琴、架子鼓等乐器装车运回特教学院。我长舒了一口气，对陪在身边的李清同学说："我忙了两个多月了，现在很想绕着校园走一走。""好啊！"李清的回答格外爽朗，拉起我的手，陪我在校园里散步，而那天的空气似乎特别清新，夕阳也特别温柔。

室友们回到宿舍，大家抱在一起，开心地喊着："我们成功了！我们成功了！"我招呼着："兄弟们，出去喝几杯！"同学们兴奋地大叫："走！走！"于是，我请了30多位同学到学校对面的餐馆喝酒。到了餐馆，我对同学们说："兄弟我今天只能喝啤酒，不能喝白酒。"我这样说是为了使自己保持清醒，好把大家安全带回学校。那天晚上，我跟他们干杯，不知道喝了多少瓶啤酒，有时头靠在墙上，睡了一两分钟，醒来后接着喝。当时的气氛比音乐会还要热烈，同学们豪情万丈，喝得酣畅淋漓。后来有几位男生喝多了，哭了，那或许是因为同学们临近毕业，工作难找，心里难过。喝到最后，大家变得伤感起来，聚会在一片大醉中结束。

不久，毕业季到来，同学们各奔东西，从此海角天涯，音讯渺茫。每当我想起那场音乐会，就会想起同甘共苦的那一群同学。我们都曾为梦想燃烧过，也都曾试图撕破黑暗，超越苦难，虽然事到如今，一切归于平淡，但人生需要梦想，正如人生需要一次奋不顾身的恋爱、一次说走就走的旅行。热爱音乐的我们借一场音乐会，于浮光中，留下一抹华丽的剪影。

那一场音乐会，也许是花朵凋谢之后残留的暗香，在回忆里嗅一嗅，便知还没有被岁月麻木。当初的愿望实现了，世界啊，我曾来过！

曾经的美好

《毛诗序》曰："情动于中而形于言。言之不足，故嗟叹之。嗟叹之不足，故永歌之。"在那金色的秋天里，在那美丽的校园中，我将她的身影缠绵入诗，并让衷情化作音符，谱成了一曲曲感人至深的旋律。那深情款款、发自肺腑的歌声，在她的心里，可曾荡起涟漪？

长春大学，是我魂牵梦萦的地方。如影，是我情之所系的姑娘。

记得那是1988年10月中旬的一个黄昏，不知道为什么，我的钥匙找不到了，箱子都打不开，需要更换锁头。刚好外国语学院的两位女生来特教学院看望学美术的姐姐，她们回家之前路过我的宿舍，我便委托她们帮我买三把锁头，我们从此就认识了，其中一个女生就是如影。如影是一位既热情又文雅、既活泼又彬彬有礼的姑娘，她从我的许多歌谱中看到了《唱给你听》，她说很喜欢，我便边弹吉他边为她唱起了这首歌。

唱给你听

（词曲：陈君恩）

为何歌声那样深情
为何琴声那样动听
因为有你在我身旁
心中歌儿要唱给你听
为何心中溢满柔情
为何目光饱含爱意

因为有着美好的憧憬
因为跳动着年轻人的心
但愿我的歌声
能拨动你的心弦
但愿我的琴声
能激起爱的回音

那天的夕阳，透过玻璃窗，照了进来，是那样绚丽与美好。她了解到我去食堂要经过一个足球场，辨别方向有困难，于是每天早晨和傍晚都会陪我去食堂用餐。我们或在黄昏时漫步于校园，或泛舟于南湖之上，或踩着片片落叶笑逐颜开……那时候我觉得整个世界都是阳光普照。

每个人的心灵深处都有一个圣殿，而年轻时往往在不经意中让一个异性闯入了这个圣殿，想把她驱逐是那样地难。

我是一个后天失明的人，常人用什么样的心理和眼光来看待盲人我是了解的。一位姑娘用她的真诚和爱心善待我，这已经是难能可贵了，我不应该有太多的想法，我只希望我们是最好的朋友。

上课时我经常会甩甩头，希望把涌上的思绪抛到脑后。但不一会儿她的形象又浮现在我的脑海，我想这也许是过于珍惜吧！有了这个想法，我迅速地将它扩展开来，写成了歌词，又谱了曲。

也许过于珍惜

（词曲：陈君恩）

也许过于珍惜
也许过于在意

在你的身旁我竟无从说起
纵有千言万语
只能藏在心里
不知所措只得悄然离去
我多想潇洒地走过你面前
让你微笑地看我一眼
我多想从容地走近你身边
向你倾诉心中的思念

“我多想潇洒地走过你面前，让你微笑地看我一眼。”我想只有盲人才有这样的心声吧。后来有一些同学说，当听到或哼起这首歌时，心中就觉得一阵酸楚。

一天晚上，我和如影在校园里散步，她说她很想到日本读书，并且出国的事情很快就可以办好。后来我们回到宿舍，她便轻轻地朗读起齐秦唱的那首《花祭》里的歌词——“你是不是不愿意留下来陪我？你是不是春天一过就要走开？真心的花才开你却要随候鸟飞走，留下来，留下来。你为什么不愿意留下来陪我？你是不是就这样轻易放弃……”我随手拿起吉他唱起我写的《流浪的云》：“你自称是一朵流浪的云，偶然地飘过我的头顶。不久就要离去，行踪无定。当我的眼睛是天空啊，任你栖息，任你远行。”

走了的人还会再回来吗？相知相见知何日，此时此夜难为情。

一转眼一年过去了，那天我本想独自到学校的树林里走走，来纪念这个在我心里很特殊的日子。没想到那天下午我在琴房里弹钢琴时，突然有轻轻的敲门声，我开了门，有人握住我的手，我惊喜万分地发现是如影在时隔一年后回来了。我们聊了很久，她说起了在日本学习生活的情况。后来我建议她去看看其他同学，我便独自到校园的树林里散步。“似此星辰非昨夜，为谁风露立中宵。”我在树林里怅想良久：两年前的这一天，如影曾陪我在这片树林里散步，我们聊了许久。那时的如影，在我心中定格为一个近乎完美的女神。这是一个只属于我自己的纪念日，她不可能知道，更不可能留意。这一定是上天在冥冥之中的特意安排，她才能如此凑巧地在两年后的今天来看我。对这一切，我深怀感激，即便不能得到，也不会心存奢望。我静静地思考着，明白了“君子之交淡如水”的道理，决定用一种平常心与异性朋友交往。

再回首，我们已渐行渐远。10 月下旬的长春，气温接近 0 ℃，冷风吹得我心里泛起一阵阵凉意。树林里很安静，我浮想联翩，一首凄美的旋律涌上了我的脑海。

曾经那样美好

（词曲：陈君恩）

踏着朦胧的月色
找寻往日的足迹
阵阵清风丝丝凉意
勾起多少回忆
仿佛就在昨天
依稀还可听见
你的天真你的美丽
盈满我的心间
曾经是那样的美好
整个世界都是阳光普照

曾经是那样的执着
过于执着原来是最大的错
今夜你在哪里
我还在怀念你
你像流星划过天际
留下深深的记忆

或许“人生自是有情痴，此恨不关风与月”，在我黯淡的青春岁月里，如影翩翩而至，带着一丝缠绵的情谊，带着一缕温馨的气息。虽然那是久远的梦境，我仍心存感激。毕竟，她是第一位善待我的姑娘。

人生如大江东去，旧事邈远，命运为我关上了一扇门，却打开了一扇窗。我珍惜曾经的美好，感激每一个善待过我的人。后来，我将如影帮我读书的录音磁带转录成了 CD 唱片，希望 50 年后当她收到这份珍贵的礼物时，听到自己年轻时的声音，心头会掠过一丝喜悦。我想象着当我们再次握手时，彼此为年轻时的纯真与美好，欣然一笑。

第三章　一生一世

有缘千里来相会，无缘对面手难牵，我跨越3 000公里的距离，只为与你相会。等蝶，是花一年一季的痴念；等你，是我今生今世的宿命。错过了满天星光，而与一轮明月相遇，北鹰南飞，你终愿为我万里迁徙。一生一世一辈子，愿得一人心，白首不分离，揽你入怀，执手同行。

姻缘天注定

俗话说："百年修得同船渡，千年修得共枕眠。"姻缘是天注定的，我的另一半在天地间的某个地方出生、长大，并在特定的时间、地点与我不期而遇。我们的灵魂融合在一起，血脉相连，成为一个不可分割的整体。

潘力鹰是长春大学师范部英语系的学生，我去长春读书还不到一个月就认识她了。她和我们班上的张莉很要好。那天晚上，张莉把她带到我们宿舍来，辅导周小渝学英语。我觉得这个女生的声音特别好听，语气很温和，我很想和她认识，希望能有恰当的机会与她相识成为朋友。

随后的一天傍晚我背着吉他从教室出来，听见潘力鹰和张莉在聊天，她用手拨了一下我的琴弦，我便停下脚步说："我知道你是潘力鹰。你在教小渝学英语时我就很想认识你。”我们三个聊了一会儿，最后她答应有空时来帮我读《词刊》，我们从此就认识了。

记得1988年的第一场雪，那天力鹰正在辅导我学英语，听到很多同学说：“下雪了！下雪了！”对于从没有见过雪的我来说，感觉既新鲜又兴奋。力鹰便拉着我的手跑到雪地里，我们堆雪人打雪仗，又说又笑。那个冬天对我来说不再是冰天雪地，而是充满了温暖与热情。

力鹰常常来给我念书，我印象最深的是她在读《在水一方》时，常常会因为主人公的感情起伏而欢喜而落泪。这样交往接触久了，她甚至忽略了我眼睛看不见的缺陷，有时她与我同行，我的肩膀碰到了门，她才忽然想起我的不便。逐渐地，我们成了最好的朋友。

1990年6月，力鹰先我一年毕业，分配在距离长春市60公里的农安县第一中学担任英语教师。虽然距离远了，但力鹰会经常坐车来看我，陪在我身边，这让我觉得这个女孩对我的感情很不一般。既然长春大学给了我们相识相知的机会，如果我没有把埋藏在心中的感情向她表达，那么将成为我人生中的遗憾。

1991年的“五一”假期，特教学院很安静，早上九点多我开始给力鹰写信。我感慨万千，回想起自己的坎坷经历，潸然落泪。我一边斟酌一边动手写下了这封饱含深情的信。

老鹰：

你好！

因福建省音协和福建省残联宣教部要帮我出版一本歌曲集，前几日总忙于请人题词和写序言，未能及时将我作品音乐会的相片寄给你，抱歉！

老鹰，我没有忘记14岁的那一年，我是怎样流着泪，离开那所学校，离开亲爱的老师和同学，当时的君恩是一个多么可怜的孩子。多年来，经历了千磨百难，两次游走于生死之间，终于靠自己的努力一步步地将少年时代的梦想变成现实。

现在的我，既然选择了生存，那就必须活得更有意义，更有价值。老鹰，现在我有大小两个梦想。小的梦想是希望能过上安宁和谐的家庭生活——一杯清茶、两张唱片，黄昏时，漫步于郊外。大的梦想是通过四五年的努力，我的部分歌曲能在国内唱响。那时，我便可以组织起众多的青年组成一个社会团体，这个团体有两个作用：一是为残疾人办一些实事；二是以团体的名义，写一些文章以唤醒人性中的真、善、美，使更多的人知道怎样以自己的爱心去拥抱世界，去爱世界上的人。

十年前，谁会相信，今天的君恩会以青年曲作者的形象在福建崭露头角？我认为，今天的梦想是建筑在现实基础之上的，它是有路可攀的高峰，绝不是骑自行车登上月球的幻想。

老鹰，我一直很欣赏你的善良朴实，仰慕你的聪明智慧。我知道，你对自己的人生有着远大的抱负，我希望我所从事的残疾人事业能得到你的协助，你若愿帮助我，这将是我的幸运，也是福建盲童的幸运。如果是因为我们的努力，让许多盲童得到受教育的机会，从而使他们的命运得以改变，那我们将活得更有意义、更有价值，你说是吗？

十五六岁是人生最美好的时代。可是，对我来说它却是一段痛苦的岁月，我曾竭力想敲开死神之门，因为我不愿再默默忍受那一支支足以穿心的利箭。可是，我又想，如果将来有所作为，我要将自己的不幸和一生的经历，写成一部自传，让更多的人知道，什么是宽厚，什么是仁爱，让不幸者少遭受些类似的痛苦。

是命运的安排，使我遭受这许多的不幸。所以，对我来说，一生中唯一的敌人，就是命运之神。通过这些年的努力，命运之神终于在我的面前收起了它的暴虐，希望有一天，我能叫命运之神屈服而又温顺地趴在我的脚下。那时，我便可以骄傲地向世人证明，人不管处境如何艰难，生理条件如何差，只要有思想，有志气，总有一天会有所作为的。

我认为，残疾人只有做到生活自理、自食其力，在不依靠他人的情况下，也能较好地生存，这样他才能以一个独立完整的“人”自立于社会。此次，举办个人作品演唱会，也正是对我的独立生活能力和工作组织能力的一次考验。4月4日在校内彩排；5日17名同学赴东北师大录音一整天；6日中午正式演出。从排练到舞台会场的布置，从搬运钢琴和其他乐器到全部交通车辆的安排，从台词、广告、请柬的撰写到协调所有关系，一切均安排得有条不紊，最终音乐会取得圆满成功。

我来长春读大学之前，为了能自食其力，1982年，在全家人的帮助下，我以待业青年的身份申请了营业执照，使我们家恢复了“同利肉燕老铺”的经营。两三年后，小店在福州有了名气，福州晚报、福建电视台都作了专题报道，现在我还珍藏着当时的报纸。

商业经营只能提高生活水准，音乐创作才能使精神得以充实。在劳动之余，我不间断地进行歌曲创作，读函授大学，学习作曲理论。经过十年的积累，终于有部分歌曲在电台里播出，我的作曲能力逐步被社会认可。

当然，我所取得的成绩与家人的帮助是分不开的。我有三个哥哥和一个姐姐，在父亲的培养下，我们都有良好的品质。今年除夕，家里打扫卫生时，我说："楼下的卫生由你们来做，楼上的卫生由我全包。"后来还是由我二哥把楼上的房间擦洗得干干净净。当时，我坐在床上一直在想：在家庭中我所希望承担的责任，事实上我哥哥都已经帮我做了。此事虽小，但由此可窥视到我们家的家风。

以前的商业经营可使将来的生活得以保障，今天对事业的追求，可使我的人生过得充实，再加上我有一个幸福的家庭，我想这三点可弥补一些双目失明的缺陷……

追求爱情是每一个年轻人的权利，接受或拒绝爱情也同样是每个年轻人的权利。老鹰，我一直很崇拜你，你是我心目中最值得敬重的女孩，只因生理的缺陷，迫使我将心中的这份爱慕之情深埋在心底。是爱的力量，使我有勇气，从容地对你说："老鹰，我爱你！潘力鹰小姐，请你接受我的爱，请你做我的妻子。我认为，我有能力使我的妻子得到幸福，我要为你倾注我全部的爱，承担起一个男子汉的责任。"

老鹰，我们都是受过高等教育的青年，我们完全可以推心置腹、开诚布公地说出各自的观点，我相信《强者之歌》的作者，他有足够的心理承受力等待着你的判决。

祝心想事成！

君恩

1991年5月4日

当我落下尾款时，已经听到了工友来送早餐的声音，这时我才意识到在不知不觉中这封信写了21个小时。两天后我请同学将盲文信翻译成汉字寄给了力鹰，随后的几天我怀着忐忑的心等待着回音。虽然我已经做好了被拒绝的心理准备，但力鹰的回信还是让我内心十分失落。

君恩：

我知道会是你的信。君恩，这不是一个立刻就能回答的问题。我总希望自己能为世界上需要帮助的人们做些事情，因为我就是一个需要温暖和帮助的人。自幼时起，多少人慷慨地帮助我，明知我一无所有，无以回报，他们用高尚的人格陶冶了我的情操，我只有毕生勤勉，披肝沥胆，才无愧于社会对我的培育。

帮助你做事业，需要有三个条件：一、盲文。虽然我可以很快学会，但熟练需要很长时间。二、语言。福建方言我听不懂，不会说，适应语言需要两三年的时间，其间我如何工作？如果是一个讲普通话和英语的环境，我还可以适应。三、音乐素养。我略识简谱，粗认五线谱，不善唱歌，要做你的助手远不够资格。除此之外，我的身体素质，能否适应南方的气候、饮食？我的性格、社会生活能力能否被你周围的人接纳？福建的风俗、民情与北方的差异很大，会不会有格格不入的地方？我的工作如何安排？很多很多的问题，都不知你考虑过没有？君恩，我很感谢你对我的信任，但我还没有准备好，我不能赤手空拳地开始做一件重要的事，那样，失败的恐惧会时时威胁我，使我自卑、软弱。

君恩，福州是我从来没去过的地方，我怎么会知道那里有没有适合我生存的土壤？也许你考虑得不太全面。这是一个必须明确回答的问题，必须先让我肯定我能应付那儿的生活，然后才能决定我是否适合做你的伴侣。

君恩兄，我爱人间一切美好的人和事物，这是宗教式的一种博爱，我不知道我对你的感情是否超出了这种博爱。如果往日的交往中我使你感受到的是纯真芳馨，是人情的真挚、美好，我会充满信心地走下面的路——尽我所能，为世界增加一点爱，使人间成为一个值得来过一次的地方。

老朋友：力鹰

1991 年 5 月 7 日于一中教室

从回信中我看到了力鹰的犹豫，我立即提笔写下了第二封信。

力鹰：

你好！读过你的来信，心中十分感激，感谢你对我的尊重和理解，同时也使我更加确认，我的选择是对的，我所崇拜的精神偶像是个善良、美好、世间不可多得的女子。

力鹰，你怀着一颗真诚、善良与平等的心走进了我的生活，使我得到了人世间最宝贵的一份真情。每当我遭受到他人不应有的轻视时，我总会想起老朋友对我的种种好，心里更觉得这份情义的可贵、难得。力鹰，我确实很希望终生与你为伴，但又很担心因求爱不成而失去一个最好的朋友，犹豫了很长的时间，我才鼓足勇气，将自己的想法写信告诉你。信发出后，心里一直惴惴不安，收到回信后，心里才感到踏实，因为我感觉到了，你是最能理解、尊重我的。

力鹰，由于我是在读初中时视力才逐渐减退变盲的，所以，世俗会以什么样的目光来看待盲人，我是很了解的，我要与你终生为伴，这对于你来说，心中的压力之大，可想而知。况且，你的家庭和周围人给你的压力也会使你感到彷徨、茫然，不知如何是好。21岁正是对爱情、生活、事业充满美妙幻想的季节，你的文化素养和聪明智慧，也注定了你有着很高的理想和远大的抱负。你也曾对我说过，想在文学和外语方面取得进步，但我很希望，你能改变原先的轨道，和我一起为残疾人做些实事，为社会的慈善事业尽自己的一份爱心，我希望共同的理想能将你我结成志同道合的伴侣。

力鹰，如果我看到自己所爱的人，因我的无能而受委屈，那我会心如刀绞。如果是这样，我宁可终身不娶，也不愿意让自己的不幸转到他人的身上。如果只是爱你，而使你为我作出过多的牺牲，那内疚和负罪感将永远折磨着我。但我认为，情况不完全是这样，与我为伴，你肯定要在许多方面作出牺牲，但我希望我能在其他方面对你有所补偿。

我的音乐作品有一部分已经达到了比较高的水平。最近一段时间，中央电台、福建电台、福州电台、吉林电台也正着手制作一些新的专题节目来介绍我创作的音乐，同时我的歌曲集也即将出版。我只希望，这些专题节目能把我的作品推出去，使我的作曲能力被社会认可。当电台播出我的专题节目时，一天播了四次，我父亲抱着收音机听了四次，我想他一定为自己的儿子所取得的进步而感到欣慰。我希望通过毕生的奋斗，将来也能成为妻子和儿女的骄傲。

力鹰，在你我的交往中，我感觉到你的博爱精神，在你的内心深处，有着对真、善、美的渴望与追求，所以我请你协助我所要从事的残疾人事业。我想当我们看到他人因我们的帮助而减少痛苦、增加快乐时，我们也会感到满足，感到幸福，你说是吗？

力鹰，我在家时照样承担着家庭的许多琐事，如煮饭、洗碗、擦地板、为父母洗衣服等。我想自己如能多做一些，父母便可少做一些，我知道怎样去尊重和关心他人，有时不小心说错了话，我都力求弥补。

力鹰，我不喜欢争强好胜，我总是以欣赏的眼光看待他人的长处，以批评的眼光审视自身的不足，我力求使自己的性格趋于完美，思想更成熟。正是正确的思想引导我从黑暗走向光明，它也必将指引我走向新的更美好的前程。

力鹰，我爱你的性格，爱你的人品，你既有洒脱、开朗、浪漫的一面，又有温柔、细腻、多情的特点，和你在一起我是那样地欣喜愉快，好像整个世界都是那样地美好。我难以忘记你在为我读《在水一方》时的情景，你为了林小双的不幸，竟泪如泉涌。可见，你的感情是何等丰富，我渴望走进你的世界，在那里感受你的爱，你的温柔。如果你我能结成伴侣，那我会用全部的爱来报答你为我所付出的一切。

力鹰，福州是一座四季树木常青的海滨城市。当长春是天寒地冻、冷风呼啸之时，福州正是阳光明媚、和风煦煦。福州冬天的气温在 5～13 ℃之间，穿一件毛衣即可。七八月份正是福州的盛夏时节，38 ℃的高温天数有七八天左右，但许多在这里工作的东北人也都能适应，我想只要住宅条件良好，家庭设施完善，夏天也能过得很舒适。幽幽茉莉花香，手捧一杯清茶，也正是南方夏天所特有的一种享受。

福州一年四季都有新鲜的蔬菜、瓜果，许多蔬菜、瓜果的品种，长春都没有。海产品也很多，福州的主食以大米为主，面类为辅。总体来说，我家的经济实力略优于福州的一般家庭，较好的生活水平是有保证的。

福州的本地人平时会用福州话交流，而福州市区有20 万流动人口，还不包括在这里有稳定工作的外地人，所以，生活中方言和普通话通用，而机关、学校均使用普通话。

力鹰，我的就业之事，得到了政府部门及残联的帮助和支持。你若决定到福州工作，相信你的工作调动之事也会得到许多人的关心与帮助。我有把握在福州为你找到一份较好的工作。

福州与长春虽然远隔千里，但风土人情都来源于中华文化，并无多少差异。力鹰，你是个善良而又有修养的女孩，我相信无论你身处何地，都会得到他人的喜爱。我的哥哥、姐姐像父母一样地爱我，我相信，他们也一定会爱我所爱的人。

力鹰，我常常在想：我该如何承担起男子汉的责任，我用什么奉献给我的爱人？我所渴望得到的是志同道合的伴侣，感情归宿的港湾，我不希望妻子为我承受“秘书”或“保姆”的压力。当然，你如能学会盲文和乐谱，对我会有很大的帮助，但这并不是必需的，我应该力求提高自己的生活能力和工作能力。

力鹰，我们是最好的朋友，我希望暑假期间，你能以一个普通朋友的身份到福州我的家中做客，这样会使你对我的生活环境和周围的人，能有直观的感受，然后请你慎重地考虑是否与我发展下去。我渴望得到你的爱情，渴望与你终生为伴，这只是我个人的理想、愿望和美好的追求，但不管此事成功与否，对你都不应该有半点的伤害。因为，你将来还要走自己的路。

请接受我的邀请，我和我的家人期待着你的光临。

祝你愉快！

君恩

1991 年 5 月 16 日

力鹰收到我的这封信后，觉得有些话需要面谈，于是又来长春看我，见面后我对她说：“一个女孩子跟着一个失明的人到陌生的城市生活，你的恐惧和不安我是理解的。你可以到福州看一看，如果你能适应那个环境，那我们再谈论婚姻的事情，如果你不能适应，那就当作去好朋友家串串门。”在慎重考虑后，力鹰决定到福州看一下。

由于力鹰要参加东北师范大学函授部专升本的考试，7 月中旬才能离开长春，我便在 6 月末独自乘火车回到了福州，带着喜悦与期盼等待着我的安琪儿的到来。

北鹰南飞

在福州焦急地等待力鹰的那些日子里，我觉得自己像一列开上轨道的火车，一直朝前奔驰。娶她为妻是我今生的夙愿。盼呀盼，终于盼到力鹰给我打电话告诉我她要来了，放下电话，我的心激动得几乎要蹦出胸口。第二天，二哥开车带我到义序机场接力鹰，父母看到这个明眸皓齿、举止文静的长春姑娘喜不自禁。

陈家文明朴实的家风和陈家人的善良热情使力鹰觉得很亲切，渐渐地喜欢上了这个家庭。三年的相识相知、共同的志趣爱好、相同的道德追求所培育的爱情之花终于在福州这片沃土上生根绽放。

1991 年 8 月 17 日是我们终生难忘的日子。力鹰经过慎重考虑，和我同往南街街道办事处办理结婚登记。后来力鹰对我说她在签字时手在微微发抖，这是人生重大的抉择，迈出这一步很不容易。

8 月下旬，力鹰回农安一中上班，我们家开始着手忙碌力鹰工作调动的事情。在各界人士的帮助和支持下，力鹰的工作调动慢慢有了眉目，调动的事情在福州办得很顺利。在长春那边却遇到了困难，原因是按照当时的规定，吉林省培养的师范生调到外省工作需要缴纳师范生培训费，我便打电话给长春大学的王野平校长请求帮助，在王校长的直接关怀下，长春市教委特事特办。最后力鹰于 1992 年 6 月调入福州市杨桥中学担任英语教师。

“死生契阔，与子成说。执子之手，与子偕老。”1992 年 7 月 3 日，我们的婚礼在福州举行，管风琴奏响了《婚礼进行曲》，我牵着力鹰的手，怀着激动的心情，缓步踏上红地毯，我们分别郑重地立下誓言——“我愿意选择潘力鹰作为我的妻子”，“我愿意选择陈君恩作为我的先生”，“无论疾病、困苦、患难，始终不渝”。许多亲朋好友欢呼雀跃，将五彩的纸花撒向我们，表达着美好的祝福。

婚后，力鹰不辞辛苦地操持这个家庭，竭尽全力帮助我。

我大学毕业后，分配在福州市盲聋哑学校担任音乐教师。我每天都思考着怎样将自己所学的知识以盲童能够接受的方式教给他们。我借了许多小学音乐课本和教师用书，请力鹰帮我读，有时还要请她帮我读简谱，好翻译成盲谱。通过不断地摸索，我逐渐在头脑里形成了一套“五位一体”的教学模式，我希望把它整理成一篇论文。于是，我对着录音机将这篇 5 000

多字的论文逐字逐句地录在磁带上，然后由力鹰边听录音机边记录，把论文完完整整地写在纸上，再把纸上的论文念给我听，经过不断地讨论、修改，她再帮我抄正。后来，这篇论文获福建省第三届音乐教育研讨会优秀论文奖和福州市中小学音乐论文评选小学组二等奖。我的论文能有这么好的成绩，力鹰功不可没。此后十几年来，力鹰帮我写的论文、文件、报告的原稿装满了一整个大提包。

力鹰经常为我读《词刊》，待我歌曲谱好后为我抄谱。力鹰担心自己不内行，谱子抄好后，总是带我到何群茂老师、池敬安老师、门春喜老师家里去请他们帮忙校对。有一次，池老师高兴地对我说："君恩祝贺你，谱子抄得一点都没错，你爱人很聪明，她已经基本掌握了简谱。"

1992 年 11 月 17 日，我成功举办了生平第二次作品演唱会，由陈旭东、唐刚、陈呐等几位残疾人朋友组成的福州市残疾人艺术团承办，福州市委宣传部、福建省音协、福建电视台等多家单位主办，有两个合唱队、三个舞蹈队和省内著名的歌唱家参与演出，演职人员达到 140 多人。举办如此大型的音乐会，工作量之大、细节之烦琐是难以想象的。陈旭东、唐刚、陈呐还有我二哥等人都付出了艰辛的劳动，而其中大量的文字工作则由力鹰承担。为了这场音乐会，她废寝忘食，东奔西跑，带我找演员、看排练……由于举办个人作品音乐会时制作了许多伴奏乐，我便邀请歌唱演员到省歌舞剧院录音棚去录音，力鹰经常得陪我录到半夜一点多才回来。在她的帮助下，我在 1994 年出版了《也许过于珍惜——陈君恩创作歌曲辑》录音盒带。俗话说："每个成功的男人背后都有一个默默付出的女人。"我虽然不是什么成功人士，但力鹰确实是可遇而不可求的贤妻。她对我的好，时常浮上我的心头，让我对她除了怀有深深的爱，更有深深的感激。

生活中，为了让我穿得更体面、更帅气，她常常带我上街买衣服。有一次，在出租车上，司机看见我穿着整洁便赞叹道："你爱人一定很用心照顾你啊！"我听了真是既高兴又自豪。力鹰和我在一起后，购物休闲逐渐成了我们生活的一部分。为了帮助我挑选一套称心的组合音响，她带我几乎逛遍了福州市的各大音响店，数百张 CD 唱片也是她陪着我一张一张买回来的。英国进口的功放和音箱配上正版的 CD 唱片，效果很好，我很喜欢，虽然价钱很贵，但力鹰对此却很支持，力促我买了下来，这饱含了她心中多少深情和痴爱啊！

力鹰读到一本好书或一篇好文章时，很喜欢与我分享，静谧的夜晚，温柔的读书声伴我度过了许多美好时光。而当我写了一首新歌时，我便兴奋地跑到她身边唱给她听，歌声与笑声在爱的天空里回荡，每一刻都那么甜蜜。

我和家人都知道力鹰很不容易，因而尽心尽力地爱护她。我们结婚时，我父母为我们提供了良好的居住条件。力鹰由于心脏不好，在我儿子陈国苏出生前半个月，她就住进了省立医院妇产科。父亲看到其他产妇都有丈夫的精心照料，而因为我自己行动不便不能很好地照顾力鹰，于是他马上做出了两个决定：一是为了照顾力鹰的感受，将她转入家化病房；二是召集全家人开会，安排哥哥、姐姐、嫂嫂轮班到医院照顾她。不仅如此，父亲还叫来了我的堂妹、表姐、表嫂一起来照顾她，我自己也请假在医院里陪着她。我们尽量在经济、家务等各方面照顾她，做到以心换心。

1995 年 1 月 6 日，我的儿子陈国苏出生了。小天使的降临给我们的家庭带来了无限的喜悦。于是，斗室里飘出了优美的摇篮曲和动听的故事声，一个幸福的家庭更圆满了。

空闲时，力鹰开始尝试着带我出门旅游。刚开始去森林公园，后来去闽侯荔枝园、平潭岛，再远一点去厦门住了一个星期。有一次，我们清晨从旅馆出发，绕着鼓浪屿缓缓前行，累了找一家小店买一瓶啤酒外加一些小吃，借来两把凳子走到水边，听着涛声，远望天空，沐浴着阳光，享受着海风的轻抚。力鹰陪我徒步登上日光岩，漫步于菽庄花园……这一圈走下来，晚上8点多才回到旅馆。经过这次尝试，力鹰觉得带我出门旅游，所遇到的那些困难都能克服，后来我们又去了南京、杭州、北京等地方。我记得我们曾徒步游览南京长江大桥，我还摸过栏杆上那一幅幅汽车、坦克、井架等图案的浮雕。我们登上了桥头堡，身临长江，听见六七个小男生在江边滩涂上打水仗，我一时童心大发，便跟力鹰说："我想下去跟小朋友一起玩。"力鹰便带着我从堤坝上走了下来，对小朋友说："这位叔叔想跟你们一起玩，好吗?"小男孩说："可以可以。"我便与小朋友们打起了水仗，力鹰在一旁给我们拍照。这些美妙的经历，这些珍贵的记忆，都是力鹰带给我的。

我的妻，你如和煦的阳光，温暖我的心灵；你如拂面的春风，一扫我心底的尘霾，你向不公正的命运为我讨回清风明月，索还鸟语花香，带给我一个美丽的新世界。

我们更像是先结婚后恋爱，在了解中相爱，在爱中融合。力鹰对我说："你是一个纯洁无瑕的人，生活在你身边如同徜徉在清澈见底的溪边，我的心情既宁静又安详。"因此她写了一首诗送给我，之后我为这首诗谱了曲。

如果能使你得到光明

（词：潘力鹰　曲：陈君恩）

如果能使你得到光明
我愿为你去追赶太阳
如果能实现你的梦想
我愿为你去祈求月亮
如果一切都无法实现
我会燃烧我的心将你照亮

何等奇妙的恩典，多么珍贵的心啊！我会好好地珍惜，如同爱惜自己的生命。我将这份感情凝聚成一首美妙的诗篇，将它献给爱妻潘力鹰。

我要对你说我爱你

（词曲：陈君恩）

我要对你说我爱你
我对你充满感激
我难忘，你的情意
我会好好珍惜
我要对你说我爱你
我知道这来之不易
你的感受我很在意
我要永远守护你
你是我唯一的爱
我对你情深似海
你是我生命的力量

像阳光使鲜花盛开
你是我唯一的爱
我对你情深似海
你是我心灵的归宿
引河流奔向大海

泰戈尔诗云："爱就是充实了的生命，正如盛满了酒的酒杯。"没有力鹰，我的心将不知何处安放，如流浪儿无以为家。有了力鹰，我这只漂泊在大海上的小船，寻得了方向，平安靠岸。

让北方的一只鹰离开东北辽阔的天空，栖息在南方的热土上，我知道力鹰为我付出了太多，而我也竭尽全力爱护着力鹰，兑现我当初对她的承诺。爱情，不是一颗心去敲打另一颗心，而是两颗心共同撞击的火花。风风雨雨，因为相爱，所以不计得失，所以心甘情愿，所以一切的一切都是值得的。

第四章　情系盲童

罗曼·罗兰说："只要还有能力帮助别人，就没有权利袖手旁观。"当我走进盲校，在与盲童亲密相处中，我的心渐渐地与盲童的喜乐与悲苦联结在一起。30多年来，我将爱融入盲童的成长过程中。教音乐、谈人生，搀扶着一个个盲童，踏上光明的前程。

破瓦片可以垫桌脚

福州有一句俗语——"破瓦片可以垫桌脚"，意思是说一个很不起眼的人，如果把他放在恰当的位置就能有所作为。我如同那块破瓦片，在盲校音乐教师的岗位上实现着自己的人生价值。

1991年我刚到福州市盲聋哑学校工作时，该校的盲部只有两个班级，学生20名。一个班级一周只有两节音乐课，我每周只上4节课，而当时的数学老师和语文老师每周都上14节课，比我整整多了10节！拿一样的工资，教学任务却轻松得多，这种状况使我内心觉得很不安，在强烈的自尊心和自信心的驱使下，我开始有意识地发挥自己的专长，比如指导盲童的生活，教他们自己倒开水、穿针、缝扣子、绑鞋带等等，后来我还向学校主动申请教以前都由明眼老师教授的生活指导课和手工课。虽然一下子忙碌了很多，但我终于可以坦然地微笑了。

我从 14 岁开始学习作曲，也举办过个人作品音乐会，但那些专业知识与小学的音乐教学工作有着很大的不同，因此我必须重新开始学习。于是，我向鼓楼区第三中心小学和福州教育学院附属第一小学的音乐老师请教，在他们的指导下，逐步掌握了小学音乐教学的方法，并按照教学大纲的要求，使用盲文音乐课本，普及盲谱，教授乐理，还积极组织盲童小乐队、合唱队。我的音乐教学能力得到了校领导的肯定，工作逐渐步入轨道。

莎士比亚说："慈悲不是出于勉强，它是像甘露一样从天上降下尘世；它不但给幸福于受施的人，也同样给幸福于施与的人。"我深以为然。和孩子们在一起，亦师亦友，互助互爱，我每天都生活在快乐之中。对我来说，在盲聋哑学校的工作不只是一种职业，也是我的热爱和价值追求之所在。

每天早上一到学校，总有一群孩子围绕在我身边，拉着我的手又蹦又跳，又说又笑。有一个叫张丰宾的低视力学生，每天中午帮我到食堂取饭盒；有一次我因为有事情，较晚回到宿舍，学生林鹏怕我的饭变凉，把我的饭盒藏在他的棉被中。学生的真诚与善良使我深受感动。我身边的一个个盲童都是天真活泼的，和他们在一起，我很开心，但有时候只要想到等待他们的明天是何等艰辛，心中总泛起一阵酸楚。因此，我为他们写了一首歌——《这里的孩子不再悲伤》。虽然歌词很明朗，但曲调里却带着伤感，那是因为我心中对他们充满了无限的怜爱啊！

每当天气骤然降温，我便会想到班上那几个孤儿是否穿暖。当我走到宿舍，发现小华穿着单裤，我一回家就告诉了母亲，母亲立刻到百货商店买了一条绒裤，嘱咐我第二天送给小华。后来，我经常向小侄女和朋友索要衣服，送给盲校里的孩子。有一次我在宿舍里发现小华站在同学的床边听小说联播，了解到他没有收音机，于是我送了他一台。以后我便常常买收音机送给那些孩子，只要一想到那些盲童得到渴望已久的收音机该有多么快乐，我心里就充满了喜悦。

1992 年 12 月，中国残联主席邓朴方来榕考察，当他来到福州市盲聋哑学校时，教导处陈主任带着 10 个盲童向他反映盲部办学条件差，请求为盲童盖一所新盲校。当天晚上，省残联组织几个残疾人到福州西湖大酒店与邓主席座谈，我便再一次把盲童的愿望转达给邓主席。当年，福州市委市政府为民办实事的项目中就有了为盲童盖一所新盲校的计划。在新盲校的筹建过程中，我将福建音乐学院蔡继琨院长颁发给我的“施文宣音乐奖”的奖金 1 000 元捐给了筹建中的新盲校，希望能为新盲校的建设出一份微薄之力。

出于热爱，我选择了盲校音乐教师这个职位；因为适合，这个职位也选择了我，给我提供了一个实现人生价值的平台。巴金说：“我不配做一盏灯，那么就让我做一块木柴吧。”做不了光鲜亮丽的明灯，作为干枯的木柴照样可以发光发热。《雷锋日记》里也说：“再好的螺丝钉，离开了机器这个整体，就会被当作废料，我愿做一颗永不生锈的螺丝钉，在社会这个大机器里发挥应有的作用。”破瓦片也可以垫桌脚，并非栋梁之材又如何！有那么多盲童需要我，还有什么比这更让我快乐的呢！

情系盲童

1995年，从原来的福州市盲聋哑学校独立出来的盲部组成了新盲校，校区迁到仓山区首山路，占地面积26 000平方米，建筑面积13 000平方米，学生人数达到了90多名。就是在这所学校里，我与特困盲童结下了一段特殊的缘分。

给我印象最深也最曲折的是帮助小明、林家三兄妹、小燕、丽珠以及小方的事。

（一）

记得那是1995年9月的一天课后，四年级学生任祥跑来对我说："陈老师，您知道小明现在在哪里吗？"

"他不是因为休学住在城北儿童福利院里吗？"

"不是，小明现在住在城南福利院。"

我吃了一惊：城南福利院是收容老人、重度残疾人的地方，小明怎么可能转到那个地方去呢？

"小明经常给我写信，他说他很想回到城北儿童福利院，很想再回到盲校读书。他还给经济电台少儿节目的主持人打过电话请求帮助。陈老师，您能不能帮帮小明呢？"任祥摇着我的手，充满期待地仰头对我说。

"你好好上课吧，有老师呢，老师先了解一下情况，会尽力帮助他的。"

任祥走后，我连忙在同事中打听情况，终于弄清了小明休学的原因：小明1992年由城北儿童福利院送来盲校读书，当时他才是个十岁的小孩，因患有夜尿症，再加上双目失明、年龄小，个人卫生做不好，坐在教室里味道很重。那时候我就担心小明会被送回城北儿童福利院，便组织几个六年级的学生一起来照顾他。一出太阳，张美艳同学就提着一桶水为他擦床铺，把他的被褥拿出去晒，其他同学也帮了很多忙。但我没想到一年多以后，学校还是建议城北儿童福利院暂时把小明带回去，待其病愈后再送来读书。小明在城北儿童福利院里住了两年，城北儿童福利院认为他生活不能自理，无法上学，便把他转到了城南福利院。

我心里有些自责，觉得以前没有照顾好小明，才导致他失学，于是打电话到城南福利院问他："你很想读书吗?"

"我很想读书，很想念同学们，陈老师请你把我接回盲校读书吧!"小明的语气中带着失落与苦闷，他还只是个十一二岁的孩子啊，难道就终生生活在城南福利院里吗？我不禁为他的境遇感到揪心。

我在电话中轻声安慰他，并保证"我一定会尽力帮助你"。

经过一番努力，我找到了市残联的刘理事长和市民政局的林局长，把小明的情况向他们反映并请求帮助，市残联刘理事长委托工作人员黄女士，市民政局林局长则委托陈科长共同办理此事。然而到了 12 月，小明回盲校读书之事仍无着落。我心里很着急，担心如果这个学期小明还没被送来读书，就要降到下一个年级去了。我常打电话询问此事的办理情况，有一次，黄女士被我催急了，说："我也当过老师，也知道降级对于学生是不好的，但小明的户口已搬到了城南福利院，这个事情做起来哪有那么容易？你如果这么着急，那就自己去跑好了。”我听了，为自己的力量弱小感到非常难过，小明正盼着我帮助他，而我竟束手无策！那时，我只是一个大学刚毕业的普通教师，本身还是个残疾人，无权无势，我还担心因为此事跟残联的工作人员关系搞得太僵，更使小明回盲校这件事遥遥无期。那一阵子，我常常牵挂着小明：小明因为双目失明被父母遗弃，又因为患有夜尿症而辍学，他的命可真苦啊！如果这个世界上有一个真正爱他的人，就不至于这么苦了。想到这儿，眼泪夺眶而出，我决心要成为真正爱他的那个人。后来，我叫我妻子和黄女士一起冒着严寒，骑车去城北儿童福利院联系小明读书之事。一番波折，终于得到一个还不算太差的结果——由城南福利院将小明送到盲校来继续读书，但有两个细节问题需要解决：一是盲校每人每月的伙食标准是 150 元，而那时城南福利院每人每月的全部经费只有 135 元。为了尽快解决这个问题，由我自己来补足其中的差额，而每学期 265 元的杂费则由城北儿童福利院捐助。二是小明在盲校期间生病产生的医疗费由谁承担。协商的结果是如果小明生病了，盲校可以将他送回城南福利院，按照城南福利院的具体条件和能力给予医治。

1996 年 1 月 7 日上午，我请盲校的司机梁师傅开车和我一起去城南福利院接小明回盲校读书。临行前福利院的工作人员对小明说：“回去要好好读书，不要辜负了老师对你的期望。”小明高兴得直点头。我坐在车里心情很激动，我想虽然我付出了许多的心血才有今天的结果，但这个结果却是小明命运的一个转折点——他得到了读书的机会，将来就有可能学有一技之长，自食其力，甚至还有可能成家立业，过上幸福的生活。这比终身被收容在城南福利院里要好上千百倍。我付出的这些辛劳都是值得的。

那天我们回到盲校已是中午 11 点多，我担心下午上班后，有人看到小明的衣物那么脏会有意见，立即叫低视力的学生帮忙将小明太脏太破的衣服和被子挑选出来扔掉，把还能用的衣服毯子堆满了一个大水池，然后我脱掉西装拿来洗衣粉为他清洗，一直洗到下午上班时间还没洗完。孙校长推门进来看见我在冷水里为小明洗了那么多的衣服，哽咽地说："君恩老师，你在家里可能还从来没做过这么多的事情，你对盲童的这份感情实在难得啊！"

为了更好地照顾小明，以免重蹈覆辙，我专门制订了一套方案：我把盲用报时钟送给小明，要他半夜定时起来上厕所；为他买了崭新的衣被让他显得更整洁；安排高年级同学每天带他去洗澡；并请任祥和余延舟同学为他辅导数学。在大家的帮助下，小明终于修完了盲校的小学课程和按摩职业初中的课程，成为一名盲人按摩师，而他的夜尿症在青春期发育后也自然地痊愈了。

许多年过去了，每逢节日，在闽清工作的小明都会打电话或发短信给我，这让我感到很欣慰。虽然在帮助小明的过程中花了很多时间和精力，也曾遭受挫折，屡屡碰壁，但这件事更坚定了我帮助特困盲童的信念。

（二）

"众人拾柴火焰高"，在帮助特困盲童的过程中，我认识了一批志同道合的朋友，通过一起帮助林家三兄妹，我更加感受到了大爱无疆。

一天闲谈时，孙校长说林祥的父亲因患白血病刚刚去世，他家里为了给他爸爸治病向亲戚借了许多钱，而他的弟弟妹妹眼睛也看不见，这种状况使他们无法来盲校读书。我当下就记住了这件事。第二天中午，我到林祥的宿舍向他了解情况。林祥说："妹妹林芬今年十岁，弟弟林虎今年九岁，他们很想读书，但家里还欠别人七万元钱，妈妈没钱为弟弟妹妹交杂费和伙食费。"过几天我打电话找到了林祥的母亲和他的弟弟妹妹。从电话里，我听到林芬声音悦耳，口齿清晰，林虎憨厚、淳朴、可爱。我很激动，心想这是两个很聪明的孩子，我一定要把他们接到盲校来读书。我将此事向我妻子提起，力鹰听后说："我看看能不能为他们想一些办法。"过了几天，力鹰找到她的老师，当时在福州教育学院任教的瑞典籍英语教师兰慧丽博士（Dr. Britt Marrie Lundback）。兰博士和在福州任教的其他几位外教都是由爱德基金会联系的援华人员，兰博士答应会将此事向爱德基金会防盲部主任庄爱玲博士反映，并写信给在福州的其他外教请求帮助。在兰博士的引荐下，我认识了庄博士。我和庄博士设计了"政府出一点、社会帮一点、爱德基金会资助一点"的"三个一点"方案来帮助林家三兄妹接受义务教育。通过三个多月的努力，这个方案基本成形。这时，喜从天降，兰博士说福建医科大学的美籍教师陶苏（Sue Todd）约我详谈帮助林家三兄妹读书的事情。那天下午，我在兰博士和力鹰的陪同下，来到医大外教宿舍，见到了陶老师。陶老师看了林家三兄妹的照片，惊叹道："他们像天使一样漂亮！"陶老师承诺，林家三兄妹在福州市盲校读书期间的全部费用由她负责，于是"三个一点"方案被搁置下来了，最终在陶老师的帮助下林家三兄妹顺利地来到盲校学习。

陶老师每学期都会来福州市盲校看望林家三兄妹，三个孩子还常常收到陶老师送的精美礼物，他们也由此成为盲校里最幸福的孩子。陶老师了解到另一个孩子小顺因其父亲得肝癌去世，家庭经济很困难。因此她也慷慨地承担了小顺的全部学习费用。有一次，力鹰问陶老师："您已是80岁高龄的人了，还只身在中国服务，是否担心过自己的身体情况?"她回答说："无论我是在美国还是在中国，只要我是在为他人服务，我便无所畏惧。"陶老师回国之前，到盲校看望那几个孩子，陶老师抱着林芬流泪不止，我们在一起唱道："You are my sunshine，my only sunshine，you make me happy when skies are grey. You will never know dear，how much I love you，so please don't take my sunshine away."那天下午，我觉得阳光很温暖，世界很美好。

外国友人给我树立了榜样，我备受鼓舞，在帮助特困盲童这条路上艰难跋涉，无惧无畏。

(三)

梅香和小方是姐弟俩，他们是失明加侏儒的多重残疾孩子。当时梅香已经在盲校读小学三年级，而11岁的小方还没有上学。2000年9月的某一天，我在校长室借用电话时无意中听到了校长对小方的父亲说："小方个子太小了，等明年长高一点再来读书吧。"我之前就认识这对姐弟的父亲，他是个老实的农民，收入微薄，但还是尽心尽力地照顾姐弟俩，曾经为了能够使梅香减免一点学杂费，来找过校长。我觉得他是个伟大的父亲，对重度残疾的两个孩子不离不弃，这很不容易。我怜悯之情顿生，于是上前对这位父亲说："让我看看这个孩子。”我伸手抚摸小方的肩膀，心里觉得很诧异：小方已经 11 岁了，怎么比我 6 岁的儿子还矮半个头！临走时，我对他说：“今晚你打电话给我，我想明天带小方到儿童医院看一看。”

下班后，我打电话给福州儿童医院陈辉清副院长，说明了小方的情况并请求帮助。陈副院长说：“我们医院有一位研究侏儒症的专家，我今晚安排好，你明天上午九点带他过来。”第二天上午我让力鹰带着小方、梅香和他们的父亲一起到了医院。拍片结果是梅香的骨骼已经钙化了，但小方的骨骼还没有钙化，还有长高的可能性。医生说侏儒症的病因有很多，其中有一种是可以通过注射生长激素使他长高，但每年的费用高达 1 万元，需要持续治疗 3 到 4 年。我为此特意设计了“20 个 500 元”的计划，有许多朋友和盲校的毕业生愿意合力帮助小方。等到一系列的检查结果出来后，医生遗憾地告诉我们，小方并不是这种类型，无法为他注射生长激素进行治疗。后来我为小方争取到了每年 2 000 元的资助，让他免费到学校读书。

（四）

那是 1997 年春季的一个中午，我在办公室吃午饭，听见走廊里有嘈杂的声音。后来同事告诉我，平潭县有五六个人带来一个叫小燕的孤女，他们早上去了儿童福利院，因为孩子已经 13 岁，儿童福利院不能收，便介绍他们把孩子送到盲校来。

因为小燕没有监护人，盲校也不能收。我向他们要了小燕的通信地址，希望能够帮助她。据了解，小燕幼年时父亲去世，母亲因患精神分裂症离家出走，音讯全无，她的生活全由伯伯来照顾。了解情况后，我联系到了福州教育学院外教兰慧丽博士，兰博士愿意为她提供每年 2 400 元的全额资助。然后我又写信与她的亲戚协商，希望有人愿意签字作为小燕的监护人，最终小燕的姨妈承担起了监护人的责任。1997 年秋季，小燕终于可以来福州市盲校读书了。

由于小燕自幼一个人生活在父亲遗留下来的房子里，基本与社会处于隔绝的状态，来盲校时，她只能用方言表达一些最简单的意思。于是我请懂平潭话的施雅香同学照顾她的生活。半年后，学生小萌兴奋地打电话告诉我："陈老师，小燕会说话了！"那天晚上，我和力鹰都很激动，小燕会说话了！虽然以后的人生还有很多艰辛，但她毕竟迈出了融入社会的第一步。

小燕常常说肚子痛，我请力鹰和林副校长带她去看病，医生说她的身体太瘦弱，需要补充营养。因此，力鹰常常购买营养品给她。过了几年，小燕出落成了一个漂亮的大姑娘。

（五）

和小燕年龄相仿的丽珠是个弃婴，被福清市三山镇一名年近七旬的五保户抱养。被抱养时她是个双眸明亮的漂亮女婴，两岁时因得麻疹没有及时医治，双眼球部分外凸导致双目失明。丽珠九岁时，我在寻找盲童的时候从教育局的资料里得到了她的信息。了解情况后，我为她争取到了福建大丰文化基金会的全额资助。我写信给她的养父，请他送丽珠来盲校读书。

2001 年秋，丽珠终于来到福州市盲校读书了。她是个聪明的孩子，不但学习成绩优异，而且在音乐、按摩、手工等方面都很有才华。毕业后，她在福州一家按摩店工作，并遇到意中人。后来她跟着丈夫回到成都老家，在那里开了一家按摩店，听说收入不错，前几年又生了孩子，生活过得很幸福。

虽然写在纸上的残疾儿童升学率只是一串枯燥的数字，但对于残疾儿童个人而言，能否接受教育关乎其一生的命运和前途。因为受到教育，丽珠他们的命运得以改变。因此，我特别注重盲童教育。

1996 年虽然有了相关配套文件，文件规定对于盲童和聋童接受义务教育实行省市县三级补助政策，省级每生每年 500 元已落实，市级每生每年 300 元也逐步得到了落实，但县这一级的补助却无法实现。盲童来福州读书需要伙食、交通等杂费，每年费用合计高达 2 000 多元，经济困难仍然制约着盲童接受义务教育。

遇到有些盲童因为家庭条件不好而上不起学，我内心就十分不忍。为了使盲校里的特困生不因贫困而辍学，1996 年，我和力鹰通过大量的电话、书信、文件，促成了南京爱德基金会对福州市盲校 11 名特困盲童每年 11 000 元持续 9 年的资助。1999 年，我与厦门南普陀慈善救济基金会联系，使 8 名特困盲童得到南普陀慈善救济基金会的 8 000 元资助。2000 年，我和张美艳促成了雷耀电子有限公司资助盲校 10 名盲童每年 10 000 元。同年，在力鹰的联系下，英国爱心人士温迪古德女士为盲校的学生买来一批崭新的冬衣、袜子、收录机。2001 年，经过温迪女士的联系，英国的“儿童之家”为 12 名盲童提供了 12 000 元的资助。在福建福海文教基金会方炳桂会长的关心下，我也促成了该基金会对福州市盲校贫困生的长期资助。另外，福建大丰文化基金会对福州市盲校 30 名特困生提供每年30 000元资助，持续 9 年，并为盲校捐赠价值近 30 000

元的按摩器材和音乐器材。这些努力，减少了福州市盲校的流生率，稳定了巩固率，提高了福州地区的盲童入学率。2005年，福建省对于残疾儿童接受义务教育实行了“两免一补”的政策，最终解决了残疾儿童入学难的问题。从那以后，我也就不用为盲童四处“拉赞助”了。

在为盲童四处奔走的过程中，我想起了曾读过的一个故事——暴风雨过后，海边浅水处搁浅了许多小鱼，有个游人见一个少年不停地弯腰去捡水洼里的小鱼，用力把它们扔回大海，不禁问那少年：“这么多小鱼，你救得过来吗?”少年头也不抬地回答：“我知道自己的力量有限，但这条鱼在乎，这条也在乎……”

特困盲童就像一条条搁浅的小鱼，需要人们伸出援手，帮助他们。上天给了盲童们一个不幸的开始，或许我，也或许你，可以送他们一个温暖的结局。

每当我漫步在校园内，听着盲童们银铃般的笑语，我的内心充满了成就感和满足感，因为我用生命中最真挚的感情陪伴着他们成长。

寻找盲童

失明的孩子在哪里

（词曲：陈君恩）

失明的孩子在哪里
校园的欢乐正等待你

同学和老师在寻找你
友谊和关怀属于你
失明的孩子在哪里
知识和本领要教给你
同学和老师在呼唤你
友谊和关怀属于你
失明的孩子你在哪里
失明的孩子你在哪里
失明的孩子在哪里
校园的欢乐也需要你
爱心像阳光照耀你
快快走向新的天地

这首歌是我在寻找盲童的过程中有感而作。

由于信息闭塞，许多盲童的家长不知道福州有盲校，也不知道盲童可以接受义务教育，而盲校也不知道盲童在哪里。盲校毕业的按摩师张美艳在工作中认识了福建大丰文化基金会的董事长郑文雄老先生。美艳向他细说了盲童的困难，也说起了我为特困盲童奔走呼吁的种种经历。

2000 年深秋的一个夜晚，已经 10 点多了，美艳打电话来说郑老先生当时有空，问我能否到温泉饭店与他面谈。我立刻起床，在力鹰的陪同下赶到了温泉饭店，向他介绍了盲校和盲童的具体情况。为了给更多的盲童提供受教育的机会，郑老先生提出要为尚未入校的 30 名盲童提供资助，每人每年 1 000 元，持续 9 年。

福州管辖的县（市、区）有不少是山区，寻找盲童并非易事。为了把握这次难得的机会，我决定努力尝试一下。于是我答应了郑老先生的提议：由福建大丰文化基金会提供资助，我则来组织寻找盲童。随后我便踏上了寻找盲童的艰辛之路。

在福州市盲校和市教育局初教科领导的支持下，我拿到了各县（市、区）报上来的残疾人入学状况的资料。这些资料厚达 20 多厘米。我借用省肢残人协会的场地，和张美艳、黄纯老师一起组织 20 多个志愿者围坐在两张乒乓球桌前，分组从资料中查找盲童入学状况的相关信息，最后一共查找出了 122 个具有详细地址的残疾人，其中包含适龄盲童、成年盲人和残疾类别表述不清楚的残疾人。我们写信向他们介绍盲童可以接受教育的好消息和盲校的具体情况。傍晚时分，志愿者们怀着满腔热情和希望将这些信件投递出去。

丽珠等适龄盲童就是通过这些信件找到的。还有几位回信的盲人因为超过了读书的年龄，我便介绍他们去学按摩。

我还利用在闽江学院等学校演讲的机会向大学生们介绍盲童受教育的意义，并特别交代如果周边有盲童的信息，请及时与我联系。我还委托志愿者入户了解盲童的状况，林学士就是志愿者入户找到的。

另外，我求助于福建电视台《大视野》栏目的负责人金诚峰女士，在她的帮助下，《大视野》栏目分两集介绍了福州市盲校和盲童学习生活的情况。盲童黄祥坤的姨妈看到了电视节目便打电话与我联系，就这样我们又找到了一个盲童。

一般来说，城市交通发达，教育观念先进，信息传播方式多样，而山区农村在这些方面则落后很多。虽然在福州管辖的县（市、区），我们只找到了 5 位盲童，但郑文雄老先生很理解要从山野乡村找到30位盲童是件很不容易的事。他同意盲校的旧生和新找到的学生一样，均可以得到福建大丰文化基金会的资助。

在寻找盲童的过程中，我创作了歌曲《失明的孩子在哪里》。志愿者常常唱着这首歌在寻找盲童。工作是艰辛的，但因怀有希望，大家不以为苦，反以为乐，像一个即将分娩的母亲，身受苦痛，胸中却涌动着巨大的喜悦。

而那些还没有找到的盲童，你们在哪里？来我们这里吧，这里有人牵挂着你，这里有人热爱着你，这里有人正在寻找你……

为学生成才铺路

我是一名盲校音乐教师。对于我，奉献的一个重要内涵就是甘当学生们进步的阶梯，像铺路人一样在路上摊铺沥青、混凝土，把泥泞的小径变成平坦的大道，让我的学生能在上面自由奔跑，一路向前。

盲人与健全人学习音乐最大的不同是盲人看不见五线谱，必须以特别敏锐的感受力来学习音乐，而这种音乐感受力可以通过训练得到提高。为此，我总结出了“多指击拍法”来培养学生的音乐感受力。所谓“多指击拍法”是教学生分别用右手的四个指头来打节拍，用左手的四个指头来计算小节数。虽然盲童看不见歌谱，但通过这种计算方法，歌曲中的每一个小节、乐句、乐段都可以清晰地呈现在盲童的脑海中，如同看见了谱子一样。借此，少数乐感好的学生还能够把唱片中的歌曲用盲谱记录下来。

我的专业是作曲，虽然我会11种乐器，但每一样乐器的演奏水平都很初级。作为一名中小学音乐教师，我只能对学生进行乐器入门教学，我深知自己的局限所在，待学生达到一定的水平后，便把学生送出去请我认识的专家来教。为了让我的学生与专家之间做到沟通无障碍，我尽量用规范化的音乐专业术语为学生讲乐理或进行节奏训练。

这些规范化的教学和训练为学生的继续深造打下了坚实的基础。当任祥同学萨克斯管吹到八级时，遇到了很大的困难。因为盲人看不见乐谱，只能听CD唱片学习那些练习曲和独奏曲，而外国音乐节奏之复杂、变化音之多、转调之频繁不是非音乐专业人士所能想象的。如果乐曲的演奏速度较快，在看不见乐谱的情况下，没有扎实的音乐基本功，那是绝对学不会的。任祥之所以克服了这些困难，顺利取得萨克斯管业余九级证书，源于其扎实的音乐基本功——这是我用科学的方法对他从小进行训练的结果。

黄延平来盲校读书时，我见这孩子很聪明，乐感很好，便与他的家长协商，专门为他设计了一套学习音乐的方案。我先自己教他钢琴即兴伴奏，四年后请我的好朋友林佳梅老师更加深入地对他进行训练，使他的钢琴即兴伴奏水平得到了显著提高。我则在乐理、听音、节奏等方面对他进行严格的训练。后来，黄延平考上了北京联合大学，成为集音乐制作、钢琴即兴伴奏、作曲演唱才华于一身的音乐人。

对那些学习键盘乐器和弹吉他的学生，我教之以乐理、和弦连接法，使之可以自己为歌曲配伴奏。这些技法本来是音乐专业院校才会教授的，我教给他们，是希望音乐能够成为他们快乐的源泉，如果学得好，还能拥有一技之长，进而养家糊口。

1999年春季，爱心人士张广敏、王丽俐夫妇捐资10 000多元，为盲校购买了17件管乐器。我作为盲校的音乐教师承担起了组建盲童管乐队的责任。由于盲校里只有90名学生，年龄差距又很大，要组建起由18人组成的管乐队，挑选学生使我费尽心思。多亏我是伴着这些学生长大的，对他们乐感的好坏非常了解，但我还是花了好几天时间，才选定了由哪个学生负责哪样乐器。在挑选作为管乐队核心的小号手时，我还专门选了低年级的学生，以便乐队组成后能够尽可能延续更长时间。被选定的学生摸着崭新锃亮的新乐器，一个个别提有多高兴了。那时候，铜管部分由外聘的朱泽轩老师负责，而木管部分则由我来负责，木管乐器包括短笛、长笛、单簧管、萨克斯管。这些乐器我也不熟悉，于是我立即与省歌舞剧院的老师联系，利用周末时间向他们学习，已经37岁的我每天清晨对着林则徐纪念馆吹奏管乐器。虽然练习很辛苦，但一想到盲童将有机会学习这些乐器，我浑身就充满了力量。

我们是按照合奏总谱，以固定调唱名法来排练《我们走在大路上》《歌唱祖国》《中国少年先锋队队歌》等曲目的。我和林志航同学一起把五线谱翻译成盲谱，然后分发给学生让他们去背诵，并组织七八个乐感较好的学生作为不同乐器声部的负责人。每天中午，我组织这些负责人背谱，并委托他们作为小老师去教其他同学。林志航、任祥、黄延平等学生为管乐队的排练付出了辛苦的劳动。当学生刚刚掌握一点点技巧时，我就鼓励他们在盲校内上台演出，以增加他们的自信和快乐，激励他们更加投入地学习音乐。两年后，他们的演奏水平提高了，乐队开始参加一些演出。结果，不鸣则已，一鸣惊人，乐队演奏的《采茶新调》在2004年获得第四届全国盲、聋、培智学校学生艺术会演二等奖，并多次在福建电视台亮相，在许多重要演出中好评如潮。

乐队的成立也给学生带来了发展和继续深造的机遇。管乐队队员任祥获得了萨克斯管业余考级九级证书，并荣获全国性比赛二等奖。唐兴、黄延平、郭小明后来都考入了音乐院校继续深造。福州市盲校管乐队一时成为培养盲人音乐人才的摇篮。

而在为学生成才铺路的过程中，最令我引以为豪的是用我的个人作品演唱会为学生搭建了一个展示风采的舞台。

这事要从亚太经济文化交流中心的王丽俐女士经常来盲校看望盲童说起。有一次，我在盲校碰到她，就将我的歌曲录音磁带赠送给她。她挺喜欢这些歌的，进而萌生了为盲人曲作者举办音乐会并请盲童上台演出的想法。我听到这个消息后激动万分。我想，如果盲童能上台演出，那么他们的家长一定会很欣慰。而我作为一名老师，能看到学生展现才华该是多么幸福啊！孩子们听到这个消息，也一定会很欢乐吧。果然，合唱团的孩子们欢呼雀跃，他们和我一样既紧张又期盼地投入到准备工作中。

经过一段时间的努力，电视台、经济赞助、主要演员等各方面基本联系就绪。1998年春天一个暖风沉醉的夜晚，在福建电视台大演播厅，我的个人作品演唱会拉开帷幕，朱国易、

赵秀兰、赵中和、许振旗、布尔固德等我省著名的歌唱家演唱了我的歌曲，福建省歌舞剧院合唱队、鼓楼区少年科艺宫合唱队、三山艺术团也加盟这场演出。当然，还有来自福州市盲校合唱队可爱的学生们，他们在老师的带领下，一个牵着一个的手排队上台，在绚丽的舞台灯光的照耀下，在众人的瞩目下，轻声唱起《这里的孩子不再悲伤》。歌声缥缈，仿佛来自那遥远的山林中，演播厅内的听众陶醉了，广大的电视观众也陶醉了。许多参加音乐会演出的学生告诉我，他们的爸爸妈妈从电视里看到他们的演唱，激动地哭了，对于他们的未来充满了信心。这对我来说也是意外的收获。

“拼却老红一万点，换将新绿百千重。”作为老师，教好学生是本分，是职责所在；作为盲人，我以同理心关怀弱小的盲童；而作为一个人，所谓的奉献，乃是出于善的本性与悲悯之心，不计回报，将自己有限资源中的一部分如金钱、时间等与人分享。

张广敏、王丽俐、何群茂、门春喜等许多爱心人士，曾经帮助我走出困境，他们的恩情我终生难以回报，我所能做的，就是将我的一份爱心倾注在盲童身上，使博爱精神代代相传。坚信这种精神必将薪火不灭，为学生成才铺路的事业必将后继有人！

第五章　让更多的盲人走出户外

美国小说家布思·塔金顿曾说："我可以忍受生命强加在我身上的一切，除了失明。"但失明后，他说："想象中的恐惧才是最可怕的。"因为恐惧，当初我不敢迈出家门一步。是让生命就此静若死水，还是冲出围岸，迸发能量与热情？没有人注定沉重地活着。悟到这一点的我，走出户外，放飞蛰伏11年的心情，同时也带动盲人朋友，投入大自然的怀抱，分享快乐，沐浴阳光，活出生命的精彩！

畅想快乐

多年前的一个下午，哥嫂带着五岁的小侄女去森林公园鸟语林看表演，只剩我一个人在家，感觉房间是那样阴冷。我慢慢地走到朝西的窗口，让阳光照在脸上，渐渐地，我的心里有了一丝暖意。听着窗外汽车驶过的声音和偶尔传来的自行车的铃声，我多么想走到马路上，让全身沐浴在阳光下，阔步行走。但眼前的黑幕阻隔了我与世界的接触，几米之外的马路，对我来说却是那么遥远。我忍不住爬上窗口，本来想站在窗台上晒太阳，谁知腰还未伸直，头便碰到了窗的框顶，只好坐了下来，将腿伸出防盗网。这下子，阳光洒满了我的全身，我沉浸在温暖之中，不由得想起了以前眼睛看得见的时候，每天傍晚放学回家，看到西天的晚霞映红了天空，照亮了地面，连楼房上都闪着红艳艳的光影，绚烂至极，如同梦境一般。而如今我的眼前只有挥之不去的黑暗，念及于此，不禁潸然泪下。过了一会儿，我的心情平静了一些，便从窗台上爬了下来，到房间里取来录音机，又坐回窗台，开始聆听琼瑶小说《水灵》的录音，其中描写大海的段落令我心醉不已：

“……记得么？竹风，那海水无边无际的蔚蓝常常和天空那无边无际的蔚蓝相合，成为那样一片柔和舒适的蓝色氍毹，使你想在上面酣睡，想在上面打滚。

还有那海面的落日和暮霭，还有那海边的夜景和繁星，还有那远处的归帆和暗夜中明明灭灭的渔火……”

我憧憬着也能漫步于金色的沙滩，触摸那白色的浪花，遥望那无垠的大海。但我知道，海天相连的美景只能存在于我的梦境中，是那样遥不可及。

后来，大学生活改变了我，同学们的关心犹如清风，吹散了弥漫在心头的尘霾，使我的生活有了欢笑。我变得快乐了，可是，想到还有许多盲人依然生活在悲观抑郁中，我思索着，什么时候阳光能照进他们的心里呢？我要和他们分享生活的快乐，以欢畅的心情拥抱这个美丽的世界！数年后，我担任了福州市盲人协会主席，这一愿望终于有了更好的实现途径。

冬日阳光下的畅快

第一次带领盲人出游的情景至今我仍记忆犹新。2003 年 1 月 4 日，福州市盲协和福建省同人助残志愿者服务中心合作组织 73 位老年盲人、130 多位志愿者在风景秀丽的福州闽江公园举办“手拉手·共享阳光”活动。他们当中有的人因为失明加上严重肢体残疾，行动不便，平时很少外出。有位老人激动地告诉我：“我已经 32 年没出门了！想不到今天还能够走到江边晒太阳!”他的话着实让我感慨万千，虽然我对盲人出门不便感同身受，自己也有过 11 年极少出门的经历，但还是没办法想象一个人怎么可以 40 多年足不出户！

81 岁的老人宋萍英从 5 岁开始就失去了光明。两名青年志愿者陪着她，用手细细“欣赏”着园内的雕塑，使她第一次“看”到了欧洲风格的建筑。当志愿者给她描述闽江两岸的现代化大都市景色时，她不禁感慨道：“从来都没有想到，福州大不一样了。”

70 岁的盲人黄德锐严重肢残，平时只能借助一个小板凳挪动，已经有 20 多年没有离开福利院的大门了，此时的他由福建华南女子学院的两位志愿者用轮椅推着在公园里闻花香、听水声，一路上兴奋不已，像天真的孩子那样开心。在志愿者的搀扶下，他站在闽江边听风浪声，手摸到了铁制的栏杆，遂转头问：“这是什么?”志愿者告诉他是栏杆后，他很惊奇：“栏杆怎么也用铁链了？一定很好看。”随后志愿者又带着他参观了公园内的各种雕塑，他对这些雕塑格外感兴趣。在一尊米老鼠雕塑前，他用手摸了一遍又一遍，说：“雕刻这只米老鼠一定要花很多工夫!”这一天，他玩得很开心。

50 多岁的盲人冯东方急匆匆地向前走，虽有两名志愿者陪着，但工作人员还是担心地追上去询问个究竟。性格开朗的东方大姐笑着解释说：“这里平坦开阔，非常安全，我多少年都没有放心地大步走了，现在就想体验一下大步流星走的感觉。”公园里有一种双人或者三人共骑的自行车，她一听说马上就要试一试，连志愿者都受到她的感染和她一起骑。活动快结束时，冯东方说：“我眼睛失明的20多年来，从来没有这么开心过，今天我重新找回了阔步行走和骑自行车的乐趣，今后，我虽然还是一个人独坐在家里，但是我会一遍又一遍地回味今天的快乐。人不怕寂寞，怕的是连美好的回忆都没有。今天是我记忆中的宝藏。”一番话说得大家既心酸又感动。

虽然组织这样一次活动，需要付出很多辛劳，但活动给盲人朋友带来的喜悦，让我倍感欣慰。分享是一种神奇的东西，它使快乐增多，使悲伤减少。盲人应该分享到生活的快乐和社会进步的成果，让生活变得丰富多彩。我暗下决心，要尽我所能，创造各种机会带领盲人走出户外，共享阳光，分享快乐！

涛声的呼唤

亲近大自然，拥抱生活，是每一个人的渴望，更是残疾人的梦想，只是残疾人不容易实现。因此，他们追求美的愿望更加强烈。我认识的阿香就是这样一位姑娘——于她而言，对美的追求是不灭的火焰，这火焰，一直在她的心里熊熊燃烧着。

2004年7月，福州市盲协组织20位残疾朋友，联合“简单生活”志愿者团队，赴长乐大鹤林场露营。我们在金色的沙滩上，享受轻风与海浪。当夜幕降临，我们聚在一起欣赏海上生明月的美景。那一次活动大家都玩得很开心。

几天后，我在福建省同人助残志愿者服务中心碰到了阿香，她悄悄地告诉我：“前几天去长乐大鹤林场，凌晨时分，你们还在梦乡的时候，我一个人到了海边。”我万分惊诧地打断她："你怎么到海边的？"要知道，阿香刚满周岁就因患小儿麻痹症导致双腿肌肉萎缩，还没学会走路便永远失去了行走的机会！阿香看到我的反应，不好意思地解释说："我是……爬过去的。""从露营地到海边要穿过树林，连路都没有，必须穿过凹凸不平的地面和树根的障碍，你得用多长时间啊？""将近一个小时。"阿香小声地回答。听罢，我一阵心酸，眼眶发热，几乎要落下泪来。因为我知道，这一段一百多米的路程，腿脚正常的人只需几分钟就能走过去。"你一个人去那里干什么？""去看海。""那天大家下海冲浪，叫你去，你不是说不太想去吗？""其实当时我心里是很想去的，只是我腿不方便，不好意思让别人抱我到海里去。夜里在帐篷里听到海浪的声音，好像有一种奇妙的力量吸引着我要到海边去。趁着你们还在酣睡的时候，我偷偷爬到海边，在沙滩上挖了一个脸盆大的深坑，不一会儿，坑里就积满了水。我坐在坑边，把双腿放在坑里，感受到了海水的清凉，心里感到很满足。"听到这里，我的眼睛湿润了，脑海中浮现出一幅画面：银色的月光笼罩着阿香的全身，她匍匐在地，双手各抓着一张小板凳，用双臂支撑着身体，一点一点往前挪动。沙土沾满了她的裤子，但她毫不在意，高高地昂起头，穿越层层障碍，执着地向着涛声涌动的大海爬去……"阿香啊阿香，曾经，我心里也怀着与你同样的渴望，我渴望躺在沙滩上仰望满天星斗，聆听着海浪的声音，抱着心爱的吉他弹唱小夜曲。我理解你，更佩服你的勇气！"我心里感叹着，于是对她说："下次我们再去海边的时候，一定会邀请你同去，我会叫个小伙子帮忙，把你抱到海水里，让你享受浪花的轻抚。"

回去的路上，我一直想着那次大鹤林场之行。那天，大家在志愿者的带领下，在树林中央的空地上搭起一顶顶帐篷，围着篝火，品尝着烧烤的美食，然后唱歌、跳舞、游戏、聊天。后来，我和几个志愿者兴奋得毫无倦意，手拉手披着星光，沿着海岸线走了很远很远……也许，就在那个时候，阿香正一个人悄悄地朝着大海的方向艰难地前行。虽然盲人无法看到大自然斑斓的色彩，但至少可以用自己的双脚在大地上行走，也可以到海边感受海风拂面，在清凉的沙滩上留下一串串脚印。而阿香，却只能借助两张小板凳，艰难地在地上匍匐前行，永远无法阔步行走。对于健全人来说，许多愿望，可以凭借灵活的身躯轻易地实现。但即便是小小的愿望，对于我们残疾人来说，也是那样遥不可及！然而，纵使艰难百倍，我们心中依然充满了对美的追求和对生活的渴望！

让生命更精彩

多年来，为了让盲人走出户外，亲近大自然，我所在的福州市盲协努力与在榕各高校志愿者团队，以及“蓝绿在线”“简单生活”“同人助残”“橄榄树”“牵手阳光”等志愿者团队合作，用爱心走入盲人的生活，让志愿者的热情与活力，如冬日的阳光一般温暖着每一位盲人的心，让他们充分感受到生活的美好。

我们常常对志愿者进行导盲培训，编写了《志愿者助残服务实用手册》，十几年来共培训了数千名助残志愿者，在榕城经常可以看到盲人与志愿者共同出行、购物、就医的身影。一位盲人朋友对此深有感触：“以前我们只能待在家里，寸步难行，现在有这么多志愿者帮助我们出行，这是社会在进步啊！”

我曾对福建省卫校的志愿者说：“因为某种机缘，你们加入了志愿者团队，成为一名助残志愿者，从而有机会了解到盲人的生活，并积累了一定的经验。与盲人的接触，触动了你们心灵深处最柔软的部分，使你们萌发了一份爱心。这份爱心，对你们来说是一笔珍贵的财富啊！在今后的工作中，你们将比别人更懂得如何关心帮助身边的残疾人，也将比别人对生命和生活有更深的体会！”

李冠群先生是我敬爱的一位老人。他将志愿服务融入日常生活中。人间自有真情在，在与他的交往中，我感受到生活的畅快与美好。在一次志愿者培训中，他对我说：“我希望有一个入户为残疾人做家政服务的志愿者团队，残疾人家里电灯、水龙头、门锁坏了，就可以打电话求助。如果有这样的团队我一定报名参加，大忙帮不上，修修补补的碎活我还是能干的。做一些这样的志愿服务，总比搓麻将好。在我身体还健康的时候，能为残疾人做一点事情，我觉得这样的生活很有意义，能够让生命更精彩！”

与他结束谈话后，在回家的路上，“让生命更精彩！”这句话一直回荡在我的脑海中，回想起老李和身边其他志愿者给予残疾人的种种帮助，我的内心深处涌起深深的感动和强烈的创作欲望。于是，一行行诗句、一串串音符从我思想的泉渊中喷涌而出。回到家，我打开录音机，抱起吉他，边弹边唱，不到一个小时，《志愿者之歌——让生命更精彩》就诞生了。

志愿者之歌——让生命更精彩

（词曲：陈君恩）

当你带着微笑走来
我的世界缤纷多彩
学会感恩懂得去爱
心灵沟通无障碍
满怀深情伸出双手
我们拥有真诚的爱
助人为乐共同分享
和谐家园建起来
真诚的关怀
真心的爱
志愿精神传四海
生命更精彩
真诚的关怀

真心的爱

志愿精神传四海

生命更精彩

这首歌是对像老李那样热心的志愿者的讴歌，是对志愿精神的礼赞。因为奉献，志愿者的生命更精彩，他们如绚烂的烟火，极致绽放的同时也装扮了我们的生活，开启了我们的心眼，我们的生命也由此更精彩！

为了让彼此的生命更精彩，福州市盲协与多个志愿者团队长期保持着密切联系，每年组织盲人和志愿者到下沙海边露营，也经常到皇帝洞、鼓山、森林公园、永泰大樟溪、闽侯军博园等多处景区游玩。尤其是仲夏夜的鼓岭之行，至今回忆起来仍令人怦然心动、神往不已：夏风沉醉的晚上，清风徐来，水波不兴，吸一口海拔千米的新鲜空气，顿觉神清气爽；花木深邃，万籁俱寂，只余虫鸣蛙唱，此起彼伏；云雾飘过，凉意袭来，忽感鬓发微湿，身上衣单……“此中有真意，欲辨已忘言”，在美丽的大自然中，每个人都仿佛进入天人合一的境地，云水禅心，流年仿佛在此刻静止。

第六章　爱满人间

马尔克斯曾感叹道："没有比爱更艰难的事。"唯其艰难，才更显勇毅；唯其笃行，才弥足珍贵。因为心中有爱，志愿者不抛弃不放弃，为在生命尽头的周丽娜、郑飞等残疾人四处奔波，送上关怀；因为心中有爱，即便命如小草，小玲也要钻出石缝，去拥抱阳光，回报世界一丝绿色的微笑。唯有美好能成就美好，也唯有爱才能孕育爱！

爱在生命尽头

有些东西是宿命，比如疾病，比如灾难，比如死亡。但我们不应在厄运面前软弱地逆来顺受，与其于苦闷与战栗中耗尽最后的光阴，坐等无情的死神破门而入，不如尽一切力量去生活、去帮助别人。正如余华在《活着》中写道："以笑的方式哭，在死亡的伴随下活着。"

虽然福州市盲协的成员都是盲人，但疾病没有摧毁我们，我们聚集在一起，快乐地生活着，并且竭尽所能地把快乐传递给遇到的每一个人。每当我们见面时，大家都会七嘴八舌地嚷道："君恩老师，我昨天在公园帮你'捡了一个'!""君恩老师，我今天上午体检时帮你'捡了一个'!"大家口中的"捡了一个"其实是指新介绍了一个盲人入会。我们就是用这样的方式，充实我们盲协的大家庭，把一个又一个盲人从孤独苦闷的深井中拽上来，让其沐浴在欢乐和爱的阳光下。周丽娜就是盲协的老会员张美艳“捡”来的。

周丽娜原是福州雕刻工艺厂的一名职工，因糖尿病在23岁时双目失明，突如其来的打击使她消沉、痛苦、绝望。张美艳得知她的情况后，经常与她来往，不断地安慰、鼓励她，还介绍她参加电脑培训班，周丽娜渐渐开始了崭新的生活。

我们和志愿者张江、林明娟经常带她去KTV唱歌，还带她一起出去吃饭、逛公园，让她的心情逐渐好起来。我们的耐心和热情逐渐融化了她心头的积雪，使她重新找回了开朗活泼的天性。

有一年圣诞节，盲协和助残志愿者联络站邀请周丽娜参加联欢晚会。带着周丽娜来参加晚会的竟然是她在网上认识的两名网友，原来她已经学会用电脑了，还在网上交了许多朋友，这给她的生活增添了许多快乐。听着耳畔传来她的欢声笑语，我感到十分欣慰，在心底默默地为她祝福。

不幸的是，两年后周丽娜病情加重，已到了不可挽救的边缘。记得那是2003年秋季的一个下午，穿着衬衫的我在KTV的包厢里坐在周丽娜的身旁，发现她身上裹着厚厚的毛毯，心中既诧异又担心。又过了几天，我去周丽娜家里探望她，她让我摸她的小腿，没想到她的小腿硬得像冬瓜一样，让我感到非常惊讶。在我的想象中，病人水肿的双腿，用手触摸，应是柔软的感觉，怎么会硬成这样呢？站立的话应该很痛很痛吧……我为此非常伤心，但又不想把消极的情绪传递给她，害怕她因此绝望，于是仍然装作若无其事的样子，与她聊一些轻松的话题。而她明知时日无多，却没有在我们面前情绪崩溃，甚至连一句抱怨的话都没讲，只是强撑着虚弱至极的病体，与我们说一些开心的事。她还告诉我们："那次为郑飞换肾募捐的晚会上，我在台上唱歌时其实正发着低烧，头晕脑热，非常难受，不过看到大家都这么卖力，自己不能掉链子，况且也是为了救人，就强忍着坚持了下来。和大家在一起，我享受到了被爱的感觉，也很庆幸自己的病弱之躯还能帮助到别人……"

在她弥留之际，志愿者为了给她的生活增添一份舒适安乐，仍然很用心地照顾着她。只是，谁也没料到，后来，她因为一口痰噎住喉咙而去世了，给我们留下了无尽的遗憾和怀念。

第二年的清明节，梨花雪白，细雨纷纷，志愿者们相约去看望周丽娜，在她的骨灰盒前献上一束鲜花。花香袭人，周丽娜，你在天堂闻到了吗？无情的病魔，温暖的人心，离别虽久远，但爱意永不变。

每个生命都值得被尊重

2003 年 4 月，福州市盲校初三学生郑飞患上了尿毒症，生命垂危。作为郑飞的音乐老师，我带着妻子还有学生去医院看望他时，郑飞的母亲抱住我妻子一直哭。这让我们几个都非常难过，对郑飞的恻隐之心油然而生。郑飞的父亲对我说了一席掏心窝的话："郑飞如果死了，我老婆肯定活不了。儿子、老婆都走了，我活着还有什么意思！为给郑飞治病，就算是倾家荡产我也要把他的命留住！"

虽然儿子双目失明，但郑氏夫妇依然如此爱惜，生死相依，不离不弃，令我既震惊又感动。因为我遇到了太多的轻视盲人的事例，有时候，盲人的生命价值并没有得到尊重。由于身体残缺，他们得到的爱也是不完整的，甚至家人都会视其为包袱，对其生活不抱希望乃至于放弃他们。有个盲人曾在不经意间对我说他小时候差点被父亲扔进海里，最后母亲不忍心，拼命地拦住父亲，才留下了这条命。他叙述这件不堪回首的往事时语气是平淡的，大概是因为在世界上挣扎了这么多年，如今早已明了社会对盲人的歧视，即便是血浓于水的至亲，也无法例外。

带着对郑飞的怜悯与关爱，同时也怀着对郑氏夫妇不遗余力地拯救郑飞生命的感动与敬佩，我决心帮助这一家人。那段时间，我茶饭不思，一直思考着：怎么办？如何募捐？最后，我想到了义卖。只是，卖什么？两手空空！通过朋友，我找到了福州晚报社，我的求助立即得到了报社有关部门的支持，他们答应送给我所在的福州市盲协1 200份报纸。由此，我们得以开展为郑飞换肾的义卖募捐活动。此次活动共筹得4 560元，正是这笔钱解了郑飞医疗费用的燃眉之急。

但是相比高昂的治疗费用，第一次募捐的钱远远不够，这让我们非常焦急。一位记者朋友建议我再组织一场街头露天募捐晚会。于是，在福州人民广播电台的支持下，一场“真情奉献，留住生命——为盲校学生郑飞换肾义演募捐”的晚会在东街口大洋百货成功举办了。并且，我们当晚就将善款交到了郑飞父亲手中。

之后，各大媒体对此进行了一系列的报道，其中包括40多次纸质媒体报道和5次电视专题报道。通过不懈努力，最终共募得9万多元善款，这是福州市盲协首次主办的公益活动，也为以后公益活动的开展开创了一个很好的先例。

从发起并组织为郑飞换肾募捐的系列活动中，我深深地感到世上还是好人多！在有人落难的时候，如果有人或有团体能站出来，向社会呼吁，组织慈善活动，那就可以把许多人心中的爱汇集成一片爱的海洋。

生命无贵贱，每个生命都值得尊重，即便是残疾人，也有被爱的权利。如果社会对他们不抛弃，不放弃，那么就会点燃他们的生命之烛，让他们重新焕发光彩！

一棵小草的成长

石缝中的小草，不惧环境的恶劣，无视命运的多舛，为了拥抱阳光，坚韧地从石缝中伸出枝芽，露出绿色的微笑，告诉春天：“大地上还有一个我。”有一位极普通的农村姑娘，就如同石缝中的一棵小草，以坚忍的意志，挣脱了命运的羁绊，用成功与微笑，向世人证明了生命的伟大与坚强。

这个女孩叫玲玲，出生在福州市闽清县。幼年时，她母亲就因家里太穷离家出走，留下她和智障的妹妹，还有老实巴交的做泥瓦匠的父亲。面对家庭的窘境，她初中毕业就去昆明打工，可是命运非但没有垂青于她，还再次给了她无情的一击。小小年纪的她患上青光眼以致双目失明，更不幸的是，治疗青光眼时，由于使用了太多的激素导致股骨头坏死，再加上家中极度贫困，无法就医，最终她的双腿失去了行走能力，需要拄双拐才能艰难地前行。贫穷，疾病，缺乏照料，这一切折磨着一个年轻的生命，人生似乎已走投无路。

2003 年的一天，我接到了一个陌生的来电，电话那头的女孩声音柔和，却带着一抹难掩的悲凉与沧桑。她说自己从福建人民广播电台新闻节目中听到福州市盲协为郑飞换肾而举行的义卖、义演等募捐活动，问我能不能帮助她。接着，她缓缓向我叙述了她的情况。

我听着，感到了她内心深处的无助与焦虑，对一个陷入绝境的22岁贫困女孩来说，我和盲协可能是她能抓住的最后一根稻草。没隔多久，她又专门写信向我诉说她身处绝境的痛苦和心中的一线希望。

我对她的苦难感同身受，于是带着她的信找到了“简单生活”志愿者团队的朋友们，与他们一起研究帮助她的方案。大家有钱出钱，有力出力，“简单生活”的志愿者们捐款购买了一台康佳彩电，和我一起前往玲玲家中探望，希望她通过电大课程使生活变得充实。

回来后，我们多次开会商讨为玲玲更换人工股骨头的方案。志愿者驱车将玲玲带到福州市第二人民医院骨科拍片，通过专家会诊，我们放弃了为她更换人工股骨头的想法，原因是玲玲的骨密度太低，不适合做此项手术，只能保守治疗。通过四处咨询，我们了解到北京某部队医院龚恩联教授的保守治疗方法颇有效果，于是志愿者将她的病历和X光片寄给龚教授向他咨询。龚教授为玲玲设计了一套长达3年的保守治疗方案，但医疗费需要2万多元。我们与福建省同人助残志愿者服务中心以及福州大学工程技术学院青年志愿者协会联系，发动社会力量为玲玲治病筹款。我和朋友也每人捐了一个疗程的医药费（约1 500元）。经过3年的治疗，玲玲的双腿恢复了部分功能。

通过治疗，玲玲已无须拄双拐行走，但她双腿的力量仍与健全人有别，无法从事按摩工作。我们希望她能通过自学，另辟蹊径，在这个世界上找到属于她的位置。志愿者胡刚捐款

6 000元，这些钱一部分作为她一个疗程的医药费，另一部分用来给她买电脑以及装宽带网。为了帮助玲玲学电脑，我们将她接到福州，住在周瑞福的按摩店里，还专门雇了一部私家车从市区各处接盲人到周瑞福的按摩店，教玲玲盲用电脑。玲玲是个既聪明又刻苦的姑娘，只用了一个月的时间就基本掌握了盲用电脑的使用方法，并能上网与朋友聊天。

在未来择业方面，玲玲根据自身情况，参考朋友们的建议，选择了心理咨询行业。我将洪美芳老师等几位心理咨询师介绍给玲玲认识。他们为玲玲提供了大量的心理学电子书、讲座视频、文献资料，让她在家中自学。后来中国残疾人联合会在北京举办盲人心理咨询师培训班，玲玲不畏旅途遥远，只身北上，前往北京学习。结业时，她以优异的成绩获得了心理咨询师三级证书，之后通过不断努力，再获心理咨询师二级证书。如今，她常在网络上为求助者提供免费的心理辅导，帮助了很多人，自己也乐此不疲。

然而，玲玲渐趋稳定的生活再起波澜。她的父亲在为雇主盖房子的时候从屋顶跌落，严重摔伤，而雇主只给了一点钱就不管了。此时，玲玲承担起照顾父亲的责任，先从朋友那里借来 5 000 元钱，帮父亲交了住院费，然后她毅然拿起法律武器，将逃避责任的雇主告上了法庭，最终拿到了父亲应得的医疗费。但她的父亲因为伤势严重，处于半瘫痪状态，再也无法工作。现在，玲玲除了在网络上给网友提供心理咨询，还要照顾父亲，生活虽然艰苦，但她依然积极乐观地生活，甚至想把自己的生平写成传记，给这个世界留下一点东西。

法国思想家罗曼·罗兰说："在苦闷的时候，一个人自以为一切都完了，殊不知一切还都要开始呢!"天下没有逃不出的逆境，只要我们敢于突破，勇于改变，就会闯出一片新天地。

从初中毕业生到国家二级心理咨询师，从弱小的残疾小姑娘到支撑起一个家庭，有一段很长很苦的路要走，而这段路程是玲玲一步一个脚印走过来的。其中的酸甜苦辣、困苦艰辛，只有她自己才能体会得到。“疾风知劲草”，玲玲如石缝中长出的小草，以柔弱的身躯御风霜、斗严寒。终于，用自己顽强不息的生命为这个世界增添了一丝新绿。当然，这棵小草的成长也离不开志愿者的呵护，他们似阳光、似雨露，倾注了无数心血，只为温暖这个世界，滋润一个个残缺却不卑微的生命！

第七章　让生活更快乐、更阳光

“碧海蓝天，山峰清泉，丛林原野。侧耳倾听自然生动的语言。出去走走，忙里偷闲。出去走走，烦恼抛一边。”

——《出去走走》

我的快乐秘诀——“见天”、“见人”、有爱好。“见天”，找一个晴朗的天气，约几个好朋友，到户外去，享受快乐。“见人”，与朋友在一起，听着他们的欢声笑语，分享好心情。有爱好，当独处时，让心灵遨游于音乐、文学的海洋。

登　鼓　山

鼓山是福州著名的风景名胜，风光旖旎。我很喜欢登鼓山，通常我只要50分钟就能登到瞭望台（从山脚到瞭望台约有1 800米的台阶路程），稍作休息后，再用50分钟回到山脚。一个盲人能与健全人以同样的速度登山，听起来似乎有点不可思议，但我确实做到了。

在登山时，我常对带我的志愿者说：“你尽管往上登，不用注意我，只要我走在你的身后，你上下台阶时身体的轻微变化，自然就会提醒我上下台阶。”因为我登山可以上下自如，所以上网聊天时，时常得意地招呼朋友们：“本帅哥周日上午要去登鼓山了，想同去的人报名啊！”

我还专门为我的户外运动编了一首歌——《简单生活》。

简单生活

（词曲：陈君恩）

走在阳光的路
迈着轻快的步
几个亲爱的朋友
踏上愉快的旅途
登上高高的山
走出深深的谷
伴着心爱的姑娘
感受美
感受幸福
天高云淡
阳光灿烂
生活因纯美而简单
心情因简单而舒畅

有了登鼓山的经验，我才敢跟着志愿者出门旅行。我可以沿着盘山公路，一口气跑到嵛山岛山顶上的天池旁，欣赏万亩草坡；我也可以登上石竹山顶，俯瞰东张碧水；我甚至还登过许多没有台阶的山，如平潭三十六脚湖中湖心岛的山、目屿岛的山和琅岐岛上的山。这几年，我的生活过得既愉快又充实，但在多年前，我还从来没有想过盲人可以登山，是一位志愿者的热情鼓励帮助我迈出了登山的第一步。

这位志愿者名叫林美治。2002 年秋，我参加福建省同人助残志愿者服务中心主办的“残健同乐联欢会”，演出结束后，坐在我前排的一个女孩主动问我：“需要帮忙送你回家吗？”这个女孩的善良和热情给我留下了深刻印象，我问了她的名字，就这样我们认识了。

后来，林美治经常帮我写字、陪我上街办事，我们熟了之后，有一次她问我：“你想不想去登鼓山啊？”

她的话让我非常意外，因为在此之前，从来没有志愿者提出带我登鼓山，我也从没有想过自己可以再登鼓山，按照常规思维，盲人登山大概无异于痴人说梦吧！

于是我实话实说：“九岁时父亲带我登过一次，双目失明后，就再也没想过去登鼓山。”

她鼓励我说：“我们可以慢慢走上去，难道你不想试一试吗？”

她的话激发了我内心的激情，于是在 2004 年“五一”国际劳动节，我扶着林美治的手，一步步跟着她，用了两个多小时，登上了鼓山瞭望台。福州有句老话叫“盲人上山看景致”，这是用来形容很难做到即便做到也没多大意义的事，然而，登鼓山对我来说意义非凡。在爬山的过程中，我呼吸着山间清新的空气，听着山下的汽车声由大渐小，耳畔响着风声鸟鸣，还有泉水叮咚，这是一种奇妙的感受。特别是登上瞭望台的那一刻，虽然看不见，但我依旧探出身子，居高临下地感受着苍茫的闽江穿越福州城，仿佛怀抱着锦绣河山，内心充满了骄傲和喜悦，身心都有一种前所未有的全新体验。

为了让更多的盲人感受这种快乐，我经常组织志愿者带着盲人登鼓山，一行人有说有笑。有时候还会碰到我哥的朋友，他们见我在登山的队伍中，不放心地说：“君恩，你要小心啊，台阶很多啊！”我笑着谢过他们的好意，仍然登山不倦，和盲人朋友及志愿者度过了许多欢乐的时光。

2006年盛夏的一个晚上，张文辉带我登上鼓山瞭望台时，已是9点钟了，这时张文辉说：“陈老师，以前你都是坐车下山的，今晚我们不妨试一试慢慢走下山去。”

我心里有点发怵，俗话说：“上山容易下山难。”对盲人来说尤其是这样，倘若一个不小心，极有可能一头栽下去，像个球一样滚到山下。

“这么多台阶，对我来说有点难。”我为难地说。

“你又没试过，怎么知道难？我们顶多走慢一点，反正不着急。”

在文辉的鼓励下，我只用了50分钟就走到了山下。至此，我完全克服了盲人登山的心理障碍，更加自信热情地参与各种户外运动，我的活动空间大大扩展了，生活也变得更加丰富多彩。

令我开心的是，我组织的登山活动，不仅增进了盲人朋友与志愿者之间的友谊，还使一些情绪抑郁的年轻人重新绽放笑容。我曾对朋友说：“情绪抑郁的人与我同去登山，比去看心理医生更有治疗效果，因为情绪是可以感染的。”和一群热情洋溢的年轻人在一起，特别是和我这个又会唱又会闹的“老顽童”在一起，既有肢体的运动，又有自然风光的陶冶，再忧郁的人也会变得开朗起来。

登鼓山既是我户外运动的开端，也是我快乐生活的组成部分。我要对林美治、张文辉和许许多多陪我登鼓山的年轻人说："是你们的志愿服务使我的生活更加丰富多彩，感谢你们，亲爱的朋友。"

鼓浪屿之行

2011年5月的一个黄昏，晚风清凉，公园的榕树下，志愿者小云用闽南语轻声唱起了《爱人跟人走》，小娜和小红也一齐轻声哼唱起来，歌声婉转空灵，一下子将我与嘈杂的都市隔绝开。我的心乘着歌声的翅膀，飞向远方。小云唱完歌，轻声对我说："一放暑假，小娜、小红就跟我去厦门玩，陈老师，你也跟我们一起去玩吧，你们可以住在我家里。"

小云的话让我想起了《鼓浪屿之波》那优美的旋律——"鼓浪屿四周海茫茫，海水鼓起波浪……登上日光岩眺望，只见云海苍苍……"歌中那壮美的图景令我心潮澎湃，心驰神往！

我虽然心中很想去，但作为一个成年男子，考虑的自然比小姑娘更多一些，于是抑制住内心的渴望，回答说："我毕竟眼睛看不见，跟着三个女生去厦门玩，可能在生活起居方面不太方便。"

"不要紧，我可以叫我弟来照顾你。"小云心思单纯，很爽快地说。

我也实在想跟她们一起去厦门玩，就想了一个两全其美的办法。

"我叫小杰（一个熟识的男志愿者）和我同去，我们住在鼓浪屿，到时我们在鼓浪屿会合。"

"好，我们7月5日考完试，6日就走。"

鼓浪屿之行就这样愉快地商定了。

7月6日那天，我们坐上了从福州开往厦门的动车，我和小杰坐在一起，隔着过道，不时传来小云她们银铃般的笑声和欢快的话语，巧克力、小饼干也随着她们的说笑声传了过来。到了厦门，小云带着两名女生要从厦门北站下车，而我和小杰在厦门站下车。小云很不放心地说："我爸在车站接我们，我把小红和小娜交给我爸后，马上坐公交车赶到厦门站，带你们去鼓浪屿。"我说："你放心吧，我和小杰一定能找到的。"小云很不放心地从厦门北站下了车。我和小杰在厦门站下车后，靠着手机导航的指引，先搭公交，后乘轮渡，顺利到达鼓浪屿。

在去旅馆的路上，沿着海岸，听着涛声，兴奋与喜悦撞击着我的胸口，使我马不停蹄，找到旅馆放下行李，便开始在岛上乱逛。

我和小杰在一家平价超市买了五瓶啤酒，然后走到沙滩上，走走坐坐，直到把五瓶啤酒全部喝完才回去。

这一夜，我睡得很香。

第二天一大早，小云她们便来与我们会合。我们沿着海边，一路感受着咸咸凉凉的海风，听着海浪的声音；我们穿过小巷，踏过石阶，参观小巷深处幽静的古宅；我们品尝了鲜辣的沙茶面，还有那咬一口就会汤汁四溢的小鱼丸……夏天的旅行真是特别，少有鸟语花香，只闻蝉声阵阵，而浓密的树荫，为我们的旅行带来些许阴凉。

中午回旅馆稍事休息，下午3点我们再次出发。沿着日光岩的石阶拾级而上，沿途我抚摸着战马和古代士兵的铜像，脑海中想象着千军万马浩浩荡荡厮杀的场景。而一组再现郑成功军队中秋博饼情景的铜像，带给我的则是热闹欢乐的感觉。汗水在海风的吹拂下蒸发，热情在年轻人的笑声里飞扬，一鼓作气，我们登上了日光岩。站在那一方六平方米的高台上，风舞襟袖，日晒面庞，俯瞰波浪起伏的大海，“飘飘乎如遗世独立，羽化而登仙”。年轻人忍不住对着大海高喊：“喂——！你——好——啊！”声音回荡在我的耳畔，如浪花朵朵，闪耀着喜悦的光华。

夜幕低垂，星光灿烂，我们在菽庄花园旁边的沙滩上，围坐在一起，喝着啤酒、吃着烧烤，心中充满了喜悦。海风清凉，夜色温柔，诗情流溢在杯盏中。在这烂漫的时刻，我轻轻唱起了小夜曲：“在那沙滩上，我们并肩徘徊，甜蜜地述说爱情，心里充满希望，在这茫茫的黑夜里，啊！你那双明亮的眼睛，照亮了我的生命，你就是光明！你就是光明！”小云和小娜也唱起了她们爱唱的那首歌——《爱人跟人走》，歌声和着涛声，似双飞的蝴蝶，翻飞展翅，自由畅快，唱的人也兀自沉醉了。不知过了多久，小云突然说：“月亮出来了。”我仰望海天交汇处，“海上生明月，天涯共此时。”今夜，我心爱的人，是否也披衣下床，迎一束月光入户，与我共享这一轮明月呢？我枕着手臂，躺在沙滩上，沉浸在冥想之中。

午夜时分，我们离开沙滩，手拉手在幽静的小巷里穿行，此时的我快乐得像个孩子，一高兴不禁大声唱起了《半个月亮爬上来》：“半个月亮爬上来，照着我的姑娘梳妆台。请把你的纱窗快打开，再把你的玫瑰摘一朵，轻轻地扔下来。”小云“嘘”了一声，也许还扮了个鬼脸，调皮地说：“你如果把姑娘吵醒了，她不但不会把玫瑰扔下来，反而还会把洗脚水泼下来。”大家听了都哈哈大笑。为了不打扰居民，我不敢高声喧哗了，于是轻轻唱起了非常轻柔的慢歌《心愿》："湖水是你的眼神，梦想满天星辰……"我想，在这恬静的月夜，在这幽深的小巷，一个大孩子和几个小孩子手拉手，分享着青春，分享着快乐，这是一种多么美丽而又珍贵的经历啊！日后必将温暖我的回忆，使我的人生更加回味无穷。沧海桑田，这些年轻人终将被岁月苍老，当回首往日，他们大概也不会忘记在鼓浪屿的那个夜晚，曾经深刻拥有一份充盈的宁静与喜悦吧。

梦圆武夷山

"等我儿子长大后，我要带着妻儿到武夷山旅游"，这是我这个视力障碍者多年的愿望。

2011 年，这个愿望终于可以实现了，我儿国苏已年满 16 岁，他身体健壮、活泼风趣，而且还很会照顾妈妈。正好我的朋友小汤要到武夷山研究树木的病虫害，有两个小伙子同行，我的心里踏实多了。

8 月 14 日，我们来到了武夷山，住在大王峰附近的兰汤村。九曲溪从村边缓缓流过，在绿树的环抱下，村庄显得幽静、闲适。

我们沿着九曲溪，朝着南部风景区缓缓前行。当时正值傍晚，余晖斜照在我的身上。我想象着黄昏的美景：夕阳躲在树丛后，用它那奇妙的光，将天边的云朵染成绯红，并让晚霞将其光泽漫洒在原野里，倒映在水面上，使天空、山峦、树木、流水都在霞光的映照下，以绮丽的风采迎接我们的到来。

我们从武夷宫出来，朝着大王峰的方向走，到了南部风景区，工作人员已经下班了。这时的风景区，既无管理员，也无其他游客，只有我们寥寥数人，“蝉噪林逾静，鸟鸣山更幽”，别有一种幽深静谧的韵味。听着此起彼伏的蝉鸣，我说：“这里的蝉鸣声，与我以前所听到的不一样，好像共鸣腔的大小有所不同。”小汤笑着说：“相隔百里，知了的方言也会不同啊。”这时，小汤看见山坡上有一棵枯死的树，便叫上国苏，两人提着药剂往山坡上跑去。偌大的风景区只有我和力鹰两人在静静漫步。力鹰说：“我们前面就是大王峰，看起来就像一个巨大的蘑菇，又像一顶乌纱帽，很有王者风范，好壮观啊。”听了妻子的描述，我仿佛看到了顶天立地的大王峰，不禁豪气满怀，不由得将她的手握得更紧。我觉得在苍茫的天地间，有一种奇异的恩典。如果将时光倒回 30 年，我不敢想象能拥有今天的幸福，这是恩典，绝非幸运！

天黑前，我们离开风景区，回到了住所。

夜深人静，我和力鹰并肩站在阳台上，聆听着四外传来的虫鸣和潺潺的流水声，更为山中之夜增添了许多诗意。这是农历七月十三的晚上，我仿佛看到天空中的一轮圆月，正微笑地注视着世间一对平凡相爱的夫妻，并将温柔的银光倾泻在他们的身上。风吹树叶，婆娑作响，也许树林间，还有萤火虫的点点微光，忽明忽暗，在澄澈空灵的夜空中摇曳。这是仲夏夜里的梦境，也是我和力鹰共有的梦境！

天刚拂晓，力鹰陪我在村子里散步。那宽阔的草坪，浓密的树荫，都在告诉我，这里很美。鸟儿也不甘寂寞，嬉戏着、玩闹着，时而扑棱一声从我们的身边飞过，时而展开歌喉，为我们献上清晨的歌。走到九曲溪边，力鹰告诉我此时天色蔚蓝，朝霞红灿。霎时，我的脑海中浮现出一幅五彩缤纷的画面：那天的蓝，霞的红，被溪流尽收于每一滴水珠里，并汇成宽阔的水流，像一条色彩斑斓的缎带，流淌于群山的怀抱中。

国苏和小汤也来了，小汤还为力鹰借来一辆自行车，使她可以骑着自行车，优哉游哉地朝着水帘洞的方向进发，而我们三人则徒步紧随其后。小汤说："武夷山到处都是美景，像这样边走边欣赏就好了，没必要去挤那些景点。"地理知识比较丰富的力鹰这时候发挥专长，主动当起我们的导游："武夷山是典型的丹霞地貌，美得令人心醉。一座座山峰千姿百态，气势雄伟，又有九曲溪贯穿于山间，这样的山水真是百看不厌啊。"

虽是盛夏酷暑，但因为我们几乎都是在树荫下行走，并不觉得很热。走了一个半小时后，我们到了水帘洞景区。

景区内有漫山遍野的茶树，还有挺拔的马尾松，走着走着，国苏突然碰了一下我的胳膊，喊道："蜥蜴！树叶上有蜥蜴！"我连忙问蜥蜴是什么颜色，国苏一边答"蓝色的"，一边急走几步，大概凑近观察去了，也不知蜥蜴被他吓跑了没有。我们就这样一路说笑，来到了一座小山脚下。我随众人沿着石阶拾级而上，走了一段路后，那种被丛林包围的"压迫感"消失了，风也变得更加清凉，"通畅感"告诉我就要登上山顶了。一转弯，忽逢百余只"咕咕咕"叫着的鸽子腾空而起，扑扇翅膀的声音回荡在耳畔，使人瞬间萌生展翅而飞的想法，精神也随之一振。我们登上山顶，石壁的上方有一股清流，不停地跌落在岩石上，散开的水花形成了一道水的帘幕，那溅起的水珠落到翠绿的树叶上，如珍珠滚动着，带着夕阳的光滑落，美不胜收。

我正浮想联翩，忽然来了一队旅行团，只听导游说："男的从左侧，女的从右侧同时开始走，如果能同时走到水的帘幕之下，那就是有缘。"游客顿时兴起，有几对男女按照导游所说的走到水帘下找缘分。我一时高兴，对力鹰说："走，我们也去找找缘分吧。"于是，让国苏带着我走到水帘下，力鹰也恰好同时走到，我拉起她的手，问她："你还记得再过两天，是什么日子吗?"力鹰一笑，说："是我们登记结婚的日子啊。"我动情地说："20年前，我为你戴上项链的那一刻，你成了我的妻子。现在我要为你唱一首发自肺腑的歌!"于是，我拥着她的肩膀，深情地为她唱起了《我要对你说我爱你》。

我要对你说我爱你

（词曲：陈君恩）

我要对你说我爱你
我对你充满感激
我难忘，你的情意
我会好好珍惜
我要对你说我爱你
我知道这来之不易
你的感受我很在意
我要永远守护你
你是我唯一的爱
我对你情深似海
你是我生命的力量
像阳光使鲜花盛开
你是我唯一的爱
我对你情深似海
你是我心灵的归宿
引河流奔向大海

歌声中，力鹰握紧了我的手，我能感觉到她的手在微微地颤抖，山深林幽，水清花明，此情此景，无限的深情化作片刻的宁静，又转为舒心的微笑。

圆梦，这就是我武夷山的梦，这就是我所寻找的，快乐生活的梦。我要营造并收集起生活中每一个快乐的瞬间，将它编织成快乐的生活。我要和我的妻子、儿子一起，共同度过快乐的人生。

父子通宵唱歌

2015 年 2 月 3 日下午，我在洗澡时不慎滑倒，导致右膝髌骨骨折。6 日晚 7 点在福建省第二人民医院进行手术，手术进行了差不多一个小时。手术结束后我被送回病房，护士为我带上心电图仪、血压自动测量仪、氧气管，并开始挂点滴。后来，我儿国苏看时间太晚了，就请妈妈、伯伯和姑妈先回去，由他留下来照顾我。于是，单人病房里，我们父子间有了一次特别的经历。

国苏坐在床边，照看我打点滴，从他那温和的语调和细心的动作里，我感觉到了孩子心中的难过。于是我平静地对他说："国苏，人在一生中，总会遇到这样或那样的困难。这时你急躁也没用，痛苦也没用，悲伤愤怒等任何情绪化的东西都于事无补。这些情绪反而会白白地消耗你的体力和精力。所以，我们遇到问题只能冷静地去面对，把事情处理好，也就好了。有时候，就需要耐着性子慢慢地熬。"

国苏接过我的话说："熬出头了，也就柳暗花明了。"

我为孩子有这样的好心态而欣慰。我们又聊了许久，不知不觉中，时针走到了午夜 12 点，这时麻药退了，我觉得右膝疼得厉害，便想转移一下注意力。我让国苏打开手机的音乐软件跟着唱，我不时地也随着他哼几句。

国苏见我来了兴致，便说："爸，你想唱哪一首？我帮你搜索。"

"那就唱《第一次爱的人》吧。"

在我的歌声中，不时地夹杂着几声从牙缝里往里吸气的声音，因为那疼痛是从骨头里传来的，还有点忍不住。反正都是疼，愁眉苦脸，还不如强打精神陪儿子唱歌玩。当唱到《飘扬的旗帜》(*Waving Flag*)这首歌时，我的心不由得被那欢快喜悦的旋律所感染，变得畅快多了，连疼痛似乎也轻了一些。

"国苏，这首歌蕴含着欢乐的情绪，而情绪是会感染人的，我可以想象出足球赛开幕式热烈的场面。"

"爸，这首歌词有两个中文译本，两个译本中都有我喜欢的歌词。"国苏说着，就用中文把这些句子唱给我听："当我长大，我会变得更强。他们管我叫自由，就像那旗帜飘扬。头昂起来，畅爽开怀，天涯不过，你我胸怀。"

我说："长大、更强、更自由，这表达了人的共同愿望，但人会逐渐地衰老，随着感觉器官和运动机能的衰退，自由也受到了限制。要超越这种限制，让心灵得到欢乐，这很不容易！"

"可是，人怎样才能超越这种限制呢？"

"注意力向外才能看到更广阔的世界，才能让生活丰富多彩，才能拥有豁达的胸怀。心胸宽广才能让心灵更加欢乐，精神更加自由。"

"爸，您可不可以说得更具体一些？"

“比如说，视觉受限制了，我就开始学音乐、听小说，让生活过得充实。再比如，我这次腿摔伤了，好不容易培养起来的旅行、登山的爱好，将受到限制，但我可以培养新的爱好来丰富自己的生活。国苏，你过两天帮我下载一些莎士比亚的诗歌，我希望通过诗歌来感受生活的美好，领略大自然的美。”

这时，右胳膊上的血压自动测量仪又“呼哧呼哧”地收紧了。国苏一看显示仪，说：“爸，您现在的血压收缩压135，舒张压85。”

“平时我的血压收缩压只有110，舒张压70呀！”

“血压升高可能跟疼痛有关系吧！”

正说着，护士推门进来，为我换第四瓶药。

我问：“护士小姐，能给我止痛片吗？我疼得肩膀和后背上的肌肉一直在缩紧，觉得浑身发热。”

“刚才挂的第三瓶药就是止痛的。”

“我没觉得疼痛有减轻啊！”

“药效过一会儿才能显现。现在是凌晨四点，再过半个小时我把止痛片给您送来，因为我担心两种止痛药同时作用于身体，会有副作用。”

“好吧。”我无奈地对儿子说，“国苏，我们接着来唱歌吧。”

护士出去后，我和国苏又唱起了：“想要光着脚丫，在树上唱歌。好多事物全被缩小了，心里不想放的就去了、算了。让太阳把脸庞给晒得红彤彤……”

欢乐的歌声，明快的节奏，让我们心情都很好。我说：“国苏，你注意到了没有，‘想要光着脚丫，在树上唱歌’，这是我们向往的心灵与大自然相契合的美好境界，心与大自然连接了，就得到了真正的欢乐。有了一颗欢乐的心，就不太注意生活中的荣辱得失。正像歌中所唱的‘好多事物全被缩小了，心里不想放的就去了、算了’。人活在世上，如同路边的小草，只要生命还在延续，就要尽情地享受阳光雨露。生命是由时间构成的，时间是属于自己的，如果每时每刻都有好心情，那么你就拥有了快乐的人生。既然好心情那么重要，又怎么能被利害得失所羁绊呢！”

国苏又走到我的床前，再次观察我的脸色，逗我说：“还是白里透红啊！”

我笑着说：“你爸是疼得浑身发热啊！”

就这样，唱歌，聊天，在儿子的陪伴下，我度过了难熬的一夜。通过这次交流，我觉得很欣慰：孩子长大了，也懂事了。此次我住院，是国苏成年后第一次遇到我生病需要他在医院里照顾，承担起家庭的责任。而在以前，每逢我遇到困难，总是向哥哥求助。这回我右膝摔伤，第一个想到的是叫儿子送我去医院，这是我这个小家庭开始独立的象征。从此，我的心弦不再震颤出孤单的旋律，有力鹰和国苏与我相伴，三个心灵的共鸣，如同弦乐三重奏，美妙的和声，奏出人间幸福的乐章。

第八章　政协之路

塔列郎有句名言："理想主义者无法持久，除非他是个现实主义者，而现实主义者也无法持久，除非他是个理想主义者。"政协就是这样一个将理想和现实糅合的平台，给了我为残障特教事业建言献策、添砖加瓦的机会。几年来，每一个今天的坚持，都是为了让残疾人拥有一个更好的明天！路漫漫其修远兮，吾将上下而求索。

从音乐教师到省政协委员

2008年1月2日下午，我刚上完第一节课，在楼梯上梁老师叫住了我："陈老师，这里有一份您的急件。"

"哪里寄来的？"

"是省政协寄给您的。"

我心里很纳闷："我平时与省政协没有什么联系呀，为什么要寄信给我？"于是请梁老师打开信封看看。

"哎呀，您被选为政协委员了！不信，我读给您听……"

我听了又惊又喜，被选为政协委员，既是一份珍贵的荣誉，又是一项光荣的使命，我深感肩上的担子很重。由于政协会议召开在即，第二节一下课，我赶紧打电话给省残联信息中心的孙女士，希望可以傍晚5点去她办公室拜访她，与她讨论一下残疾人有哪些方面的问题急需反映，孙女士爽快地答应了。于是，一下课，我就打车去了省残联，在信息中心办公室里，与孙女士探讨了两个小时，一直到将近七点才离开。

在知道自己成为政协委员的那一刻，我就下定决心珍惜这次难得的机会，为残疾人行使好话语权，把残疾人的需求与愿望向政府传达。

由于我当时对国家大政方针缺乏了解，手头也没有现成的相关数据和文件，要写出一份具有政策依据、数据支持、真实表达群众合理要求以及具有可操作性的好提案，绝非易事。为此，我赶紧好好补足“功课”。

起初，我只是对盲人和聋哑人的状况比较了解，对其他类型的残疾人情况知之甚少。针对这一情况，我通过上网查阅大量相关信息，对脑瘫、自闭症的发病机理及其康复治疗知识有了一定的了解，并多次走访各类残疾人家庭，与他们深入交谈，写了数篇“走访日记”，使自己由“门外汉”变成了“内行人”，为建言献策提供了思路。那段时间，我在电脑中存储了大量与残疾人教育、社会保障有关的政策法规，碰到在互联网上查不到的资料，就跑到省残联和省教育厅查询，以便写出切实可行的提案。

在查阅资料、走访残疾人家庭和写提案的过程中，我得到了许多志愿者的帮助，但也受到了一些质疑。比如在写“送教上门”这个提案时，有很多人反对，说这个提案根本就不具备可操作性，叫我放弃。但我坚持己见，在省政协大会上郑重提交了这份提案，后来省领导做了批示。2010年，“送教上门”在36个县（市、区）试点推行，次年在全省推广开来。

从2008年到2013年，作为一名政协委员，能亲身参与特教事业的建设，贡献出自己的一份力量，并见证了它的迅速发展，我感到非常自豪。看到自己曾经的梦想正在逐步实现，曾经埋下的种子正在发芽长叶，我心里充满无限喜悦。

走访日记

为了让大家更加了解残疾人的生活，我把当时走访残疾人家庭的日记摘录如下：

2008年7月7日　阴转小雨

今晚，志愿者美香、庄贻带着我去梅梅（梅梅，女，1994年出生，残疾类别：智残一级）家中探访。梅梅家住在一处平房聚集区内，因为去她家有一个大斜坡，而志愿者美香双腿残疾行动不便，所以她的残疾车无法靠近梅梅家门口，只能隔着六七米远向梅梅和她的奶奶问好。志愿者庄贻便带着我走到梅梅的家里。

庄贻带我俯身与梅梅握手。据庄贻介绍，梅梅今年14周岁，如果能站起来，她的身高有1.7米，但由于双下肢瘫软无力，她只能趴在地上，仰头跟我说话。但我自始至终只听到她反复地说一句话："跑啊跑，跑到灯上去。"这下我明白了，这个孩子除了肢体残疾还伴有智力残疾。由于他们家每月有1 000元的收入，所以梅梅很难申请到最低生活保障。

梅梅的奶奶是一位思维还很清晰的73岁老人，但现在背驼得厉害，已无力搀扶梅梅，为她进行基本的日常护理。因为家中有一个重度残疾的孩子，梅梅的父母长期在极度的精神压抑中生活，前几年已离婚并双双离家出走，音讯全无。一些邻居冷言冷语，说一定是上辈子造了孽，家里才会有这样残疾的孩子。在聊天的过程中，我深深感受到梅梅奶奶心中的苦楚，也感觉到这是一个希望渺茫的家庭，只有政府和社会及时伸出援助之手，这个家庭才有可能恢复生机。

从梅梅家走出来，已是晚上8点多，天下起蒙蒙细雨，我撑着伞坐在美香的残疾代步车上，庄贻冒雨骑着自行车一起去小明（小明，男，1996年9月出生，残疾类别：智残一级）家走访。

我与庄贻到小明家敲门。男主人刚打开门，一个十四五岁的大男孩就“嗖”的一声爬上防盗铁门，隔着缝隙向外张望。庄贻向他问好，他并没有吭声，我们知道他就是小明了。他的身高已达1.6米，但智力只有两三岁的水平，看见志愿者来很高兴，一直缠着庄贻，并想坐到她的腿上。小明的爸爸和奶奶感觉很过意不去，但庄贻说：“小明太久没有和小朋友一起玩了，见我们来他很高兴，我们也很愿意和他一起玩。”

家中有重度残疾的孩子，家庭生活就像蒙上了一层阴霾，使人喘不过气。在这样的生活氛围中，夫妻间很容易产生矛盾，最终导致婚姻破裂。小明的妈妈几年前与他父亲离婚后就不知所终了。

因为小明智力重度残疾，家中所有的物品，只要他能够得着的就有可能被弄坏，最可怕的是他会经常去弄煤气灶，所以他奶奶要寸步不离地看着他。他奶奶很无奈地说："我有子宫肌瘤，很想到医院去开刀，但他爸爸要上班，我一走就没人看管他了，现在都没办法上医院。如果社会上有托养机构帮忙暂管孩子，我就能去医院了。"了解到这些情况，我为他们的遭遇也为自己的无力感到痛心。

晚上九点多，我们从小明家出来，又冒雨去了小娜家。

沿着又窄又陡的楼梯，我们走到三楼小娜的家。小娜已八周岁，因为手脚瘫软无力，她还坐在竹制的婴儿椅上——座位上有着便于小孩大小便的圆洞。这使我内心猛地紧了一下。小娜的妈妈说："这个婴儿椅已经太小了，我们想过段时间再换个大些的。"我从她的语气里感受到了辛酸和无奈。

临别前，我反复地交代小娜的父母要为孩子办理残疾证，我心里藏着一个愿望，希望将来政府能给每一位重度残疾人实行个人低保。重度智障儿童需要"福乐家园"，如果政府能有这样的举措，那么将会使重度残疾孩子父母的心灵得到莫大的安慰。

2008 年 6 月 1 日　多云

今年的"六一"国际儿童节，福建省同人助残志愿者服务中心组织志愿者陪同 13 位脑瘫儿童及他们的家长到福州熊猫馆参观。出于对脑瘫儿童教育状况的关心，我参与了这次活动，希望通过与脑瘫儿童的交流，能够直观地感受到他们的困难与需求。

我在熊猫馆内第一次见到小丽时，她正靠着左右两个人的搀扶勉强走着，但情绪依然很高昂。她是个 2000 年出生的漂亮小女孩，患有脑瘫，虽然没有影响智力，但四肢无力，生活不能自理。2007 年 10 月，她在上海接受过手术治疗，两大腿和右脚踝动了手术，只是效果并不明显，目前已停止康复治疗。因行动不便，她几乎与世隔绝，没有上学，没有玩伴，只能偶尔和亲戚的小孩玩耍，父母上班时，她整天在家除看电视，便是无聊地坐着。只有福建省同人助残志愿者服务中心组织志愿者利用周末上门服务半天，教她学习，为她辅导功课。

我之前与小丽的母亲打过电话，谈及小丽应该接受义务教育的事情，她说因为普通小学没有无障碍设施，如果把小丽送到普通小学去，上厕所、上下楼都很成问题。我心中便萌生了把小丽送到盲校去读书的想法。因为盲校的宿舍里和教室旁都有带抽水马桶的卫生间，盲校的无障碍设施可以使小丽生活得很方便，而且盲校有低视力班，小丽完全可以用普通的小学课本与低视力学生一起读书。我的想法得到了盲校领导的支持，于是我把我的想法在电话中与小丽的母亲进行交流。两天后，小丽的母亲经过慎重考虑婉拒了我的建议，她说小丽的体质很弱，如果感冒发烧，小丽好不容易恢复一点的肢体功能有可能再次弱化。

为了帮助小丽，我冥思苦想，突然想到能不能搞一个“送教上门”的义务教育的补充形式，使残疾学生的学籍在校，但不用去学校上课，而是由学校指派教师上门授课。我希望福州可以建立由政府购买服务、慈善团体牵头，专为保障重度残疾儿童接受教育的“送教上门”的教育体系。如果这个愿望能够实现，那么许许多多像小丽这样的重度残疾儿童的教育问题就有希望得到解决。

2008年5月3日　晴

我听志愿者刘颖说过，她的邻居大宇、小宇这对双胞胎兄弟14岁了还不能说话，我便带着助残志愿者游景莹、林夏去他们家探访，希望能为他们提供一些志愿服务。

走近他们的住处，我不由得放慢脚步、轻声敲门，因为我心里明白，我将要走访的是一户具有特殊困难的家庭。开门接待我们的是大宇、小宇的母亲和姐姐小芳。小芳是一位轻度的脑瘫患者，她现在正为工作难找而烦恼。

我在与他们母亲交谈的过程中，问起大宇、小宇能否说一些简单的话，她回答说："逼急了才会叫声妈。"我问"逼急"了是什么意思。"小宇想吃东西我故意拖延着不给他，他才会叫一声妈。"从这位母亲的语调里感受到了生活的艰辛与无限沧桑，我的心情特别沉重，以至于连大气都不敢出。

大宇、小宇虽然有语言障碍，但他们的手脚灵活，我的耳边只听见"乒乒乓乓"一阵乱响，两个大男孩一会儿跳上床铺，一会儿又从桌子上跳下来，在我们聊天的过程中，兄弟俩自始至终就没有停歇过。大宇身高1.65米，不小心撞了林夏一下，把这个小伙子撞了一个趔趄。他们母亲告诉我们，在大宇、小宇年幼时，她曾带着他们去广州等地的医院治病，花了不少钱，后来将他们送到福建省残疾人康复中心进行康复训练，每人每月需要康复费用1 500元，勉强训练了一年，经济实在难以承受就放弃了康复的希望。

如果大宇、小宇能在幼年时接受科学的语言康复训练，也许现在他们能讲一些话，遗憾的是，他们已错过了最佳的康复年龄。残疾儿童接受康复训练是抢救性的工作，一旦错过将造成终生的遗憾！

通过此次走访，我理解了“分享”这个词的内涵。我儿子今年也是14岁，他可以背着书包骑着自行车去上学，他还可以约上几个同学去打篮球，去游泳，这是老天给我的何其大的恩典！“分享”就是将自己有余的时间、金钱、精力和爱心用来帮助那些还处于困境中的人，使他们能够感受到人间的温暖，并对生活怀揣一线希望。如果能为残疾人建立起完善的保障体制，那么就可以让他们更好地融入社会，“分享”经济繁荣与精神文明的成果。

2008年4月27日　晴

经闽侯江先生介绍，我了解到11岁的女孩苹苹需要教育援助，于是由志愿者王尧开车，我们一行人到苹苹家中探访。

当我们到达苹苹所住的楼前时，苹苹的妈妈已带着苹苹等候多时。苹苹是一个活泼可爱、行动灵便、手指灵巧的女孩，但由于脑瘫引起语言功能障碍，她只能发出简单的几个单词。

苹苹两年前曾去普通小学随班就读，但由于不会说话，没有小朋友愿意跟她玩，甚至还有一些小孩欺负她。她坐在教室里觉得没意思，就辍学了。我觉得左右为难：闽侯县特教学校里绝大多数学生都是中度以上的智障儿童，我担心如果把苹苹送到里面去，容貌漂亮的苹苹会因耳濡目染而受到影响。但如果再把她送到普通小学去读书，恐怕又像上次那样受不了歧视而辍学，那只会进一步挫伤她的学习热情。

从20世纪80年代起，国内外的教育界开始倡导“回归主流”的特殊教育新理念，让残疾孩子随班就读，希望通过这样的教育模式使残疾孩子更容易融入主流社会。这种特殊教育的新理念在先进国家已有了成熟的配套服务措施，能够使残疾孩子随班就读无障碍。但是，如果没有相应的服务措施，那么残疾孩子“随班就读”就畸变成“随班混读”，很可能导致辍学。

希望教育部门能够为随班就读的残疾儿童专门设立“信息及辅导中心”，使指导教师有机会接受专门的培训，政府也应该有相应的激励机制，以便让这些老师能够更加关注残疾儿童，使国内的残疾儿童随班就读也能做到无障碍。

2008年3月19日　晴

福州市盲校来了一位新保安，待人谦和有礼，他身边还带着一个叫小刚的六岁男孩，整天在学校里跑来跑去，但不会说话。有一些盲童喜欢找他玩，经过半年的校园生活，小刚开始逐步学会了与人交往，比如我说握手，他就伸出手来。有些同事问他要不要坐自行车，他便敏捷地爬上自行车。据他父亲说，小刚三四岁时，医生曾明确地诊断他为自闭症，以前从不跟别人沟通，到盲校后好多了。

小刚的父亲每月工资只有900元，由于家境贫寒，再加上孩子有残疾，几年前小刚的父母离婚了。我希望能够介绍小刚到福建省残疾人康复中心自闭症班接受康复训练，而康复中心每人每月需要1 500元的康复费用，这么高昂的费用对他们家来说是很难负担的。

如果政府能够给予接受康复训练的儿童以适当的经济补贴，那么就能使更多的残疾儿童有机会接受康复训练，康复机构也会因此而壮大。目前，还没有义务教育阶段的自闭症特殊教育学校，自闭症孩子读书难还是一个大问题。

为健全保障体系而努力

2010年福建省两会期间，考虑到我省尚未建立起完善的残障儿童随班就读支持体系的实际情况，我提交了一篇名为《关于建立双学籍信息库，完善残障儿童随班就读支持体系的建议》的提案，并且在小组讨论时将我所了解的情况向当时的省领导反映。领导们耐心地听取了我的意见，并表示将努力完善残障儿童随班就读的支持体系。

2011年2月12日，福建省政协提案委员会办公室寄来的一封信使我感动万分。信中告知，我提出的《关于建立双学籍信息库，完善残障儿童随班就读支持体系的建议》（2215号），得到陈桦副省长的高度重视，并作出重要批示："这个建议很好，请刘平同志积极予以采纳。"22日下午，福建省教育厅基础教育处李俊玮副处长专程来福州市盲校听取我对建立双学籍信息库，完善残障儿童随班就读支持体系的建议，并且带来了省教育厅刘平副厅长的重要批示。希望福建省即将建立起来的残障儿童随班就读支持体系，能使各类残障儿童得到特别的关怀与照顾。该体系将帮助他们克服身心障碍，完成学业，将来成为自食其力的劳动者，为社会贡献自己的一份力量。

2009年，我提出的提案《为无法入学的重度残障儿童送教上门》，也得到了省政府和教育主管部门的高度重视。2010年我省已开展送教上门试点工作，摸索出经验后，2011年在全省范围内推广实施。2011年12月，送教上门被纳入《福建省实施〈中华人民共和国残疾人保障法〉办法》；2014年，送教上门也被纳入《福建省特殊教育提升计划》。

在担任政协委员期间，我不仅关心残障儿童的受教育问题，而且积极关注残疾人的福利问题。其中《关于对残疾职工一次性补缴或补足15年基本养老保险费给予补贴的建议》被相关部门采纳实施，而这之前还有一段小插曲。

记得在福建省政协十届五次会议期间，我们于福建会堂开完会，在坐车回宾馆的途中，工作人员对我们说："今天下午教育一组二组合并，大家不要迟到，省长会来听取大家的意见。"我觉得这是为残疾人表达心声的一个大好机会。下车后，我没进宾馆吃午餐，在门口直接打车去了省残联，找到杨副理事长和维权处赵处长，与他们探讨目前残疾人亟须解决的困难。三个人经过半小时的讨论，认为未到退休年龄的残疾职工在工厂倒闭后缴交社保养老金有困难，如果政府能帮他们缴交余下几年的社保养老金，那么等他们60岁之后就能顺利领到退休金了。有了思路之后，我立刻和力鹰从一楼跑到二楼的信息中心，借用孙女士的电脑，开始抓紧写相关提案。一口气写完，我就拷贝到U盘中，拿给赵处长。赵处长在她的电脑上仔细看了一遍提案，说："提案的论点还不够明确，你先去吃饭，我来改！"有赵处长的仗义相助，我安心多了。匆匆扒了几口饭后，我便赶紧跑回去问赵处长改好没有。赵处长信心满满地一指电脑，说："你自己看。"坐在一旁的力鹰随即读给我听，修改过的提案文字大大缩短，删繁就简，重点突出，使人一目了然。我兴奋地拍手叫好："老朋友，真有你的！谢了！"此时已是下午两点，而三点就要在宾馆开会了，我和力鹰心急火燎地打车赶回宾馆，没来得及休息就进了会议室。

省长来了以后，一位大学校长首先发言，一说就将近20分钟，我越听越焦急：照这样的速度什么时候才能轮到我啊！为了广大残疾人，我必须把握住这次机会！于是，那位校长的讲话一结束，我就高高举起了手，没想到另一位大学校长抢先拿起话筒发言了。好在主持会议的刘副厅长发话了："君恩老师先举的手，让君恩老师先说。"于是我向省长介绍了我的提案的核心内容："现在许多工厂倒闭之后，每个残疾职工领了一两万块钱就被打发回家了，而他们再就业的机会很少，他们的生活都有问题，更没有能力继续缴交社保养老金了，没有缴足15年社保养老金的话将来便无法领取退休金。希望政府能够为残疾职工一次性补缴或补足15年基本养老保险费给予补贴。"说罢，我就叫坐在我身边的力鹰把提案交给省长。省长浏览了一下，郑重地回答道："你所反映的问题我不太了解，我将你的提案批给分管的副省长，请他去了解情况。""谢谢省长！"我激动地说。果不其然，一个星期后，省人力资源和社会保障厅就与省残联着手研究解决我在提案中所提的问题。不久，我收到了省人力资源和社会保障厅关于提案办理情况的答复函件。政府有关部门如此重视并迅速作出反应，让我十分惊喜。过了几个月，省残联相关部门领导告诉我，根据他们的摸底，第一批先帮5 000多位残疾人缴足15年的基本养老保险费，等到基层再报上来的时候再做第二批。一次能帮助这么多残疾人，我心里感到很幸福，很满足。

由于履职成绩突出，2012 年 1 月，我被福建省政协授予 2010—2011 年度优秀委员。

在担任福建省政协委员之前，我一直在和单个的需要帮助的残疾人接触，做的是“个案”。在担任政协委员之后，我充分利用政协会议这个平台，从而有机会由点到面，从更高更宽的层面上关注残疾人，使更多的残疾人受益。但是，无论处在哪个位置，我都保持着本心不变，那就是将有限的生命融入高尚的扶残助残事业中，用尊敬的心去帮助别人，用谦卑的心做我自己，付出爱，也领受爱，使爱的源头活水不断。

第九章 读书有味

苏子曰："人间有味是清欢。"理学家程颐则说："外物之味，久则可厌；读书之味，愈久愈深。"温一壶月光酌酒，采一曲琴声下饭，雅则雅矣，却透着三分矫情，唯有读书如茶，耐得住细细品味，且回味悠长。我年近半百方有机会弥补年少时的遗憾，得以遍览群书，深得其中乐味，老而好学，如炳烛之明。秉烛之明，孰与昧行乎？

将50岁当作15岁

一个人看不见书本，就如同失去知识才智的一大源泉。我内心对于知识可望而不可得的痛苦，恐怕是他人难以理解的。

早年，我只能靠听广播、看电视获取知识。实在想看书，只好请家人或朋友将书本内容录在磁带里反复细听。因为请人帮忙读书的机会难得，所以对阅读的作品一定要有明确的选择。我根据自己的兴趣爱好，精选位于人类知识金字塔顶尖的一些作品来读，字里行间，细细品味。若遇到自己特别喜欢的古诗词，还会用心记住。杨柳拂面，月华入怀，触景生情之时，便像古人那般吟咏两句，陶然忘机，怡然自得。

我与我的妻子是因为读书而相识相知相爱的。记得我就读于长春大学时，正处妙龄的她，曾为我朗读琼瑶的小说《在水一方》。这部作品文字优美，它唤起了我对色彩景物的记忆，使我浮想联翩，甚至弥补了我视觉上的缺憾。且书中大段大段深情的描写，更激起了我原本埋藏在内心深处的那份对爱情的渴望。面对这个为我朗读的心爱的女孩，我决心从此为她倾尽一生，付出所有……那段美好的经历，至今回想起来仍令我心潮澎湃。

我的妻子相当贤惠，她常利用工作之余为我读书。但一个人的时间是有限的，这无法满足我内心想要阅读大量中外名著的渴望。直到数码时代来临，借助电脑、读书机等高科技产品，我才得以阅读大量的文学作品，得偿所愿。2014 年暑假，我用了 12 天时间通读了罗曼·罗兰所写的约 120 万字的名著《约翰·克利斯朵夫》，这样的阅读速度和健全人基本相同。想起在 20 世纪 80 年代读电大时，我听了中国文学史和欧美文学史这两门课程。那时老师一节课会介绍几本名著，我非常想把这些名著一本本读下来，然而在当时的条件下，这是做不到的。如今，我已年届半百，幸运的是，在盲用读书机的帮助下，我得以实现少年时代未能实现的梦想。

现在的我在知识的海洋中畅游，不仅如鱼得水，且游刃有余。虽酷爱古典文学，但我并不排斥现当代小说，沈从文的《边城》、张爱玲的《秧歌》、莫言的《丰乳肥臀》、余华的《活着》我都读过。在新生代作家中，我较为喜欢网络小说家辛夷坞的《致我们终将逝去的青春》。书中的对话、内心独白颇为真实，符合青春年少时的心理，全篇洋溢着浓郁的怀旧气息，令我想起了自己业已遥远的大学时代。

读一本好书，就是在和许多高尚的人对话。有段时间，我反复诵读古代经典，一边感受，一边思考，整个人都沉醉在充满哲理的世界中。回味无穷，此中之妙，难以言表。

我还为《道德经》中的部分篇章谱了曲子，以便于背诵。那时正值夏日，我常常边淋浴边唱《道德经》，心情无比舒畅。记得有一天，我又为《道德经》谱了一首新曲，兴奋之余，我拿起电话，唱给身在外地的妻子听。末了，还不忘得意扬扬地加上一句："怎么样，你老公是个才子吧？"妻子在电话那头娇笑不已："是啊，是啊。"从她的语气中我能听出她的自豪。

"蹉跎莫遗韶光老，人生唯有读书好。"如今我已到了知天命的年纪，世事艰难，我早已淡然荣辱，不惊成败。50 岁时补 15 岁应做的事情，把 50 岁当 15 岁来活，朝闻道，夕死可矣。我给自己的人生画卷大片留白，就是要用无形的智慧去填充，盈溢出尘的气质，凝练从容的姿态，活出人生兴味。

以阅读充实心灵，用智慧照亮人生

以前盲人的阅读方式主要靠摸盲文，盲文是以 6 个凸点的不同组合，代表汉语拼音字母、数学符号、音乐符号和外国拼音文字。盲文点字必须"印刷"在比 A4 纸略大一些的牛皮纸上，一本 8 万字的盲文书，就要装订成 5 厘米厚的两大本。盲人常常在夜深人静的时候，坐在床头，无须开灯，将盲文书平摊在棉被上，细心摸读。盲人摸读盲文的速度比说话的速度慢一些。由于盲文是拼音文字，并且绝大多数不标声调，遇到生僻的字、词，盲人很难理解，再加上出版发行的盲文书种类有限，盲人要想读书实在是难。

随着时代的发展，收音机和电视机开始普及，这大大拓宽了盲人的知识面，录音机的应用则使盲人更方便把较长的文章背下来。再后来，有了电脑、MP3播放器，特别是发明了电脑语音读屏软件之后，盲人不仅可以下载各类有声读物和电子书来听，而且还能启动软件自带的字典功能查汉字，从而大大拓展了学习知识的广度。此外，将电子书储存在比巴掌还小的盲用读书机里，盲人就可以随身携带，随时阅读，像正常人一样学习了。信息技术的发展使盲人做到了读书无障碍。

盲人不需要鼠标就可以使用电脑，只用键盘上的上、下、左、右光标键和快捷键就可进行操作。多数盲人使用搜狗双拼输入法，在电脑键盘上打汉字、写文章，至此盲人已经不仅会读了，而且还可以自由书写了，完全跟上了信息时代的步伐。

信息技术的发展给我的生活带来了巨大的便利，从前想都不敢想的事情现在终于做到了。2003年，我刚学会用电脑，便迫不及待地借它实现自己精读《红楼梦》的夙愿。我先从网络上搜索到TXT格式的《红楼梦》电子书，然后将它放在电脑的桌面上，通过阅读软件进行阅读，同时边听边查字典，细细品味，美美享受。我还专门下载了1987年版电视剧《红楼梦》的插曲在家里学唱。有天晚上，我和妻儿在安泰河畔吃完夜宵后，沿着河边慢悠悠地散步。那一夜，晚风清凉，花香扑鼻，我身心俱醉，情不自禁哼起了《葬花吟》，我妻子和儿子也随声轻唱："花谢花飞花满天，红消香断有谁怜……"歌声柔，脚步缓，伴着月光，数着街灯，我们三人手牵手走在回家的路上，至今回想起来，仍觉甜蜜。

那段时间，因为我着迷《红楼梦》，以至于妻子和儿子也受我影响，在家唱的是电视剧《红楼梦》的插曲，聊的还是《红楼梦》。我在网络上下载了周汝昌、张曼玲、刘心武、王蒙等专家关于《红楼梦》的评论文章，存在电脑里细细品读。有一天我一时兴起，将书中描写袭人善于忍耐、包容且温柔体贴的片段拷贝出来，附上了自己的感悟评论，写成一篇 7 000 多字名叫《我爱袭人》的文章，并将它发到妻子的 QQ 邮箱里。妻子看罢，笑道："我读懂了你的弦外之音，我就是我，我永远也不会变成袭人。不过你可以有梦，有梦想多幸福啊！"儿子也在旁插嘴道："爸，你应该找像晴雯那样性格的妻子，可以为你披肝沥胆，死而后已。""可你爸没有贾宝玉长得帅啊！"见他们娘儿俩拿我开涮，我赶紧开溜。

过了几个月，我们家的《红楼梦》热减退了，但又烧起了"茨威格"热，我把网络上能搜索到的奥地利作家斯蒂芬·茨威格的作品全部下载到读书机里，并逐一阅读。为了听得更清楚，我把读书机的朗读速度调得很慢，即使这样，每小时也能听两万字。较快的阅读速度，使我能够畅游于文学的百花园中。

看小说、听音乐、逛公园，是我的三大爱好。我家住在乌山脚下，携一卷闲书，提一壶清茶，登几步石阶，坐在乌山亭里独自品味，其乐无穷。如果说，音乐、文学是人类创作的艺术作品，那么蓝天白云、青山绿水就是上苍的杰作。躺在大自然的怀抱里，聆听着远处飘来的隐隐笛声，回想着小说里千古缠绵、荡气回肠的爱情故事，美哉！妙哉！这就是阅读给家庭生活带来的乐趣。

以阅读充实心灵，用智慧照亮人生，是我一生追求的梦想。“结庐在人境，而无车马喧。问君何能尔？心远地自偏。”我想，这应该是生活的最高智慧吧。

附　录

感动里的感伤

年近半百的我参加过许多婚礼，每一次，总是兴高采烈地去赴人家的婚宴。但 2012 年 11 月 18 日上午我在城南福利院参加了一场特殊的婚礼，从婚礼开始直至结束我一直泪流不止，内心一阵阵感动如潮水奔涌，让我情不自已。

城南福利院里的那些孩子，曾无数次让我流泪，那是我情之所系、爱之所牵的一群孩子，我用真情与爱浇灌的花朵，终于绽放出了她们的芬芳与美丽。

那天上午，和煦的阳光，如爱神的眼眸，正微笑地俯视着大地上的花草树木，也让 200 多位来宾绽放笑容。这是城南福利院第一次举办婚礼，婷婷是这里嫁出的第一位新娘。工作人员将婚礼现场装扮一新，红色的气球和彩色的飘带使这里充满了喜庆的气氛，那象征着幸福与吉祥的大红喜字高高挂起。有志愿者告诉我，她们昨天用了 6 个小时做了一个超大型的蛋糕，现在就摆在台子的中央，作为对新人的祝福。省民政厅送来了液晶电视机，市民政局送来了电热水器，慈善总会及一些爱心企业也向新人表达了祝福。新娘婷婷与新郎小杰从市民政局张局长手中接过大红的结婚证书，他们郑重地宣誓：“我们从今天起结为夫妇，无论是健康还是疾病，无论是富有还是贫穷，永远相爱，始终不渝。”新人的话音刚落，耳畔响起了舒缓、深情的歌声，那是抒情女高音用英文演唱的《奇异恩典》。我的心被这歌声深深地打动了，更准确地说，我是为婷婷能有今天而感动。此时，我的脑海里一幕一幕地回想起我和这里的孤儿所结下的特殊缘分。

2012 年 2 月 20 日是传统的拗九节，我与福海文教基金会的朋友们一同到城南福利院慰问盲人组的老人，听说有一个 22 岁双目失明的女孩名叫曼曼，她从来没有读过书，现住在儿童组里，我便抽身前去看望。我在二层楼梯口等了许久，终于值班的阿姨来了，她手拿一串钥匙把铁门打开，我便走进了那装修相当考究，居住着许多残疾女孩的宿舍里，这里每一个房间摆放着 8 张床铺，被褥、床单、蚊帐都很干净。楼层内有一个较大的活动室，在它的中央有一张乒乓球桌，四周还摆放着许多儿童玩具。我通过与曼曼的交谈，感觉到这是一位双目失明并伴有中度智障的女孩，像这样智力水平的孩子，盲校里也有许多个。那些孩子通过多年的盲校教育，特别是集体生活，认知水平和生活自理能力都得到了很大的提高。曼曼没去盲校读书，可惜了！她为我唱了《隐形的翅膀》，还背诵了几首短诗。我问她：“这些诗是谁教你的呢？”她说：“是大学生志愿者教我的。”这时，旁边有一个女孩子说：“曼曼还跟着电视学唱了许多歌曲呢。”我回头问她：“你是大学生志愿者吗？”她羞涩地说：“不是，我是住在这里的。”那时我心中非常惊愕。因为在我的印象里，城南福利院是收养重度残疾人的地方，而与我讲话的这个女孩子口齿清晰，智力正常，我心里想她是不是有重度肢体残疾呢？我便问她：“你叫什么名字，我可以和你握手吗?”她说:“我叫婷婷。”我便起身与她握手,从她的声音位置来判断,这个女孩子身高约有 1.55 米。过一会儿,有人在我耳边轻声告诉我婷婷有点跛脚。旁边的小红和艳欣也和我聊了起来,因为我们都是站着聊天,我心里认定她们都不是瘫痪病人,但通过交流,我发现小红和艳欣有着中度的智力残疾。在惊愕的同时,我内心产生了强烈的愿望——进一步了解这些孩子。我答应下周三一定会再来看望她们。

回到家,我就打电话给省残联维权处的赵处长,跟她说:“1995 年时,城南福利院里的盲孩子小明因患夜尿症,被认为生活不能自理,所以没有被送到盲校读书。那时,我将他接出城南福利院,带到盲校读书。我以为这只是极个别的现象,然而今天我发现城南福利院里还有很多的残疾程度较轻的孩子也没有读书,你周三上午可以陪我同去看看吗?”赵处长说:“我一定陪你同去。”

过几天,我和赵处长等一行人去了城南福利院,看到了 17 位残疾程度并不太重的青年,他们都没有读过书,只在城南福利院内学过一些简单的编织手艺。与我同去的盲校吴校长还告诉我:“我看那些在走廊里走来走去的孩子,他们的智障程度都不是太严重,完全可以去智障学校读书。”赵处长说:“我没想到,有这么多可以接受义务教育的残疾孩子住在这里,没送去读书。”我对赵处长说:“这些没读书的孩子都是城北儿童福利院送来的,按照城北儿童福利院的规定,当孤儿年满 14 岁时,如果他们还在读书,那么城北儿童福利院会为他们提供所有的费用,并让他们继续住在城北儿童福利院里。那些没有读书的重度残疾孩子,等他们年满 14 岁,就将他们的户口搬到城南福利院里来。按理说城南福利院收养的都是重度残疾的孩子，这些残疾程度不太严重，完全可以接受义务教育的孩子，怎么到这里来的？我们需要进一步调查，下周三上午我们同去城北儿童福利院看看如何？”赵处长说：“好！”

到了约定的那一天，我们俩到了城北儿童福利院，在这里我们看到了福利院将孤儿分成自理组与非自理组两大部分。我们先看到了一个大房间里，有二三十个学龄前的孩子坐在小板凳上玩玩具，因为担心他们在外面乱跑容易摔伤，所以将他们集中在这个大房间里。我心里想，好动是孩子的天性，你不让他们跑他们就坐在那里摇，难怪盲校里的那几个城北福利院来的孤儿整天浑身上下乱摇一通。这种不太雅观的动作习惯，盲校里的老师用了许多功夫也很难纠正过来。我又去了他们学习的场所，十几个年龄大小不同的孩子围着一张大圆桌，在那里写着最简单的几个汉字。从墙壁上的照片里，可以看到，这里以前有教室、黑板、课桌椅，但现在都没有了。没有被送到普通学校读书的重度残疾孩子，曾在这里得到过较为正规的学习。但现在，那 14 个有教师编制的老师，有的担任主任，有的在保育员的岗位上，这才导致那些留院的重度残疾孩子无法接受较为规范的义务教育。我便询问：“你们怎么区分哪些孩子可以送到普通小学读书，哪些只能留在院内？”他们告诉我是凭着他们的工作经验。我心里想，没有医院的诊断报告仅凭着保育员的工作经验，就把一些孩子留在院内，使他们无法接受义务教育，这种做法也太随意了吧！难怪有那么多残疾不太严重的孩子，错过了读书的机会。

我在城北儿童福利院里还看到几个身体健全的适龄儿童在帮保育员做事情。据了解，这些孩子是福利院收容的流浪乞讨儿童，因为暂时找不到他们的父母，先让他们住在院里。这些孩子流浪惯了，他们不爱读书，但手脚很勤快，也很听话。他们没去学校接受义务教育，就留在院内帮保育员做事情。福利院里还有一些已经送到普通学校读书的孩子，因为他们学习成绩差，又经常犯错误，老师经常来告状，保育员也不爱送他们去学校了，这些孩子也就不再读书了。

离开城北儿童福利院后，赵处长就与福建省同人助残志愿者服务中心联系，请他们派志愿者去城南福利院，对那些残疾孩子的智力程度和文化基础进行评估，并为他们建立起个性化的文化扫盲档案。我便着手为他们联系资助，想为他们配置一间电脑房。这时我得知，省残联举办的为期两个月的残疾人电脑培训班正在招生，我即刻与城南福利院联系，并指名要婷婷和几个残疾程度较轻的孩子去参加学习。我知道，这几个人有的只读过小学三年级，有的没有读过书，因此为了使他们能把握住这次学习的机会，我组织志愿者每天轮班去院里为他们进行高强度的文化补习，使他们在一周内，掌握了汉语拼音，并熟悉了电脑键盘。我又担心，那几个女孩子第一次在外集体生活，可能缺少与男孩子交往的经验，我还请了专业的心理咨询师洪美芳老师去电脑培训中心，为她们进行心理辅导。我希望她们能顺利地从电脑培训班结业，以后能融入社会，有自己的幸福人生。

春天里种下的爱的种子，终于萌发了。有人告诉我，婷婷正与电脑培训班的一个男同学谈恋爱，我心里默默地祈祷，希望有情人终成眷属。之后别的好消息也不断传来：福建省天主教爱国会捐款两万元，福海文教基金会捐款两万五千元，为城南福利院配置电脑房。那些残疾孩子可以在文化扫盲的同时，开始学电脑了。我还向福建省人大常委会写了一份报告，请求各级人大对各地福利院孤儿接受义务教育状况进行检查。这份报告得到了省人大的高度重视，有关领导做了重要批示。后来，我听说城南福利院的部分孩子被送去培智学校读书了。

我心里想，虽然国家颁布了许多保障孤儿各项权益的法规、文件，但因为缺少监督机制，这些好政策并没有得到很好的落实。我希望能为孤儿奔走呼吁，帮助他们建立起一个完善的监督体系，使国家的好政策能不折不扣地得以执行。我知道，做成这件事情很难，如同一只小蚂蚁想搬动一块巨石。但是，若不把这块巨石搬开，还会有许许多多像婷婷那样只有轻度残疾的孩子，无法接受义务教育，终身被收养在福利院里。我相信，真情能感动天，只要我的爱是无私的，就会引起爱的共鸣，就会有许许多多的小蚂蚁和我一起，共同搬动那块巨石。

我的思绪万千，许多孤儿的痛苦经历，在我眼前一幕幕地展现，使我百感交集。我觉得脸上的肌肉在一阵阵地抽搐，眼泪流个不停。这时，有人向我递来一包纸巾，我才觉得自己太失态了。但又有什么办法呢？婷婷是他们中的幸运者，小红、艳欣正眼巴巴地盼着有人来帮助她们！还有许许多多的孤儿，正盼着有人带他们去读书！我在心里默默地祈祷，我希望，能以无私的爱去帮助那些孩子！

这时，鞭炮声打断了我的思绪，将我的注意力带回了婚礼现场。大家起身，拿着彩色气球涌向前台，我随着我的妻子将礼物送给新人。我握着婷婷的手，激动地对她说："祝你幸福！祝你快乐！"

婚礼结束后，妻子开车送我回家，我坐在车里，一遍又一遍地哼唱着那首忧伤的歌："几千寒暑，万般愁苦，啊！血泪化成河！世界漫漫苦人多！”伤感的旋律，将我的心带入那飘着白雪的空谷，使我依稀听到了那些凄苦灵魂的哀鸣。妻子问：“你今天为什么这样感伤啊？”她的问话，将我的心带回了车里，我连忙回答：“我是真心地为婷婷祝福，为她感动啊！但我也从新娘的笑容后面，感受到了伤感！婷婷只是有一点跛脚，就险些终身住在城南福利院里，有多少像婷婷那样的孩子，正等着有人将他们接出来读书啊！昨天是我的 50 岁生日，如果说，我的前半生是为盲人服务，那么，我的后半生就要为孤儿谋幸福了！”妻子笑着说：“你也要为老婆服务，为老婆谋幸福啊。”我说：“是啊！如果我能使身边的人少一点痛苦，多一点幸福，那我就没有白来这个世界逛一圈了！”

与爱同行

——一位视障人士的特殊旅行经历

2017 年 9 月 19 日，我独自从福州坐动车到厦门，次日又转机去长春大学参加特教学院三十周年院庆。这趟旅程，我亲历了人世间的善良与美好，感受到了新时代的新风尚。

2017 年 8 月下旬，我收到长春大学校长的来信，信里写道：“尊敬的陈君恩校友：2017 年是中国开展高等特殊教育三十周年，也是长春大学特殊教育学院建院三十周年。为了总结三十年来中国高等特殊教育的办学经验，展望高等特殊教育的发展道路，中国残联教育就业部、吉林省教育厅、吉林省残疾人联合会定于 9 月 23 日召开纪念大会，同时举办‘长春大学特殊教育学院建院三十周年校友论坛’。届时，邀请中国教育部、中国残疾人联合会、吉林省政府等有关部门的领导参加。您是长春大学特殊教育学院优秀校友，是长春大学的骄傲。值此院庆之际，我们诚邀您参加学院庆典活动。您的出席我们将感到不胜荣幸。”我捧着泛着墨香的请柬，摸着微微凸起的字迹，心早就飞回了熟悉的校园，阔别二十六年了，同学可好吗？老师可好吗？我要回去！不管有什么样的困难，我都要回去！

我查了一下航班，从福州飞往长春的班机，要在南京转机或经停。我眼睛看不见，飞机经停南京，会有无法预料的困难。而厦门有直飞长春的班机，如果能在厦门找到志愿者，那视觉障碍所带来的困难，都是可以解决的。我心里想，只要是白天飞抵长春，一切都好办。

因为这几年志愿者常常带着我出门购物、逛公园，所以我对志愿者社团很有信心。于是，我打电话给福建省同人助残志愿者服务中心的负责人李光泽老师请求帮助。两天后，李老师回话了，他已和长春心语志愿者协会负责人于海波老师联系好了，需要什么帮助可以直接打电话给于老师。与此同时，福州“橄榄树”志愿者团队的负责人林向荣先生打电话给我，告知他也和厦门“小黄帽”文明交通志愿服务联盟联系好了，让我直接打电话给该联盟的林晓蕾女士。为了便于联络，我建了一个微信群，取名“长春心语志愿者助盲小组”。同时，我与厦门“小黄帽”志愿者——2 路公交车司机林晓蕾加了微信好友。

9 月 19 日下午，我儿子国苏带我找到福州火车站“王威服务台”，拿到工作牌后，从绿色通道引我到达车厢，安顿完毕后，国苏回去了。动车没开多久，乘务员就来询问：“需要什么帮助吗？”我说：“担心厦门的志愿者无法进站到车厢里来接我。”她说：“这件事我会向列车长汇报。”过了一会儿，列车长来了，她对我说："我已打电话给厦门火车站'小白鹭'服务台，动车到站时，您就坐在这里，工作人员会带您出站，请志愿者在出站口等您就可以了。"

坐在动车上，我浮想联翩：二十六年前，我也是这样坐在火车里，一公里、一公里地数着我与那座城市的距离！此时，我正一步步地向它靠近！昔日的朋友，已各奔东西；熟悉的校园，也将动迁；长春的回忆，只能在梦里再现；想到这里，几乎落泪！突然，电话响了，手机里我爱人问我："路上顺利吗?"我说："他们照顾得很周到。"她说："长春是你的第二故乡，现在要回去看看，什么心情啊?"我说："有点酸楚！……"

不知不觉，动车到站了。列车长扶着我走到月台，厦门火车站的工作人员已在等候。此时林晓蕾和蔡淑卿两位志愿者气喘吁吁地跑来，她说："我怕出站口人太多，不容易找到你，我去服务台要了工作牌就跑进来了。"我谢过列车长和工作人员，便扶着林晓蕾的手，一同出站，上了她的车。

林晓蕾边开车边对我说："前几天您在微信里委托我在机场附近帮您找一家旅馆，我们觉得不放心，就在中山路为您订了一家民宿，离我们近一些便于照顾，这是娜姐安排的。明天早晨六点半，我会开车送您去机场。"我说："娜姐是谁啊?"她说："娜姐是'找寻老厦门'微信群里的义工，她名叫李安娜，我们都叫她娜姐，过一会儿她会来看您。"

说话间，我们到了中山路，把车停好后，两位志愿者陪我在中山路散步。林晓蕾说："您坐了一下午的车，我们先在这里散散步，然后再带您去品尝厦门小吃。"

晚饭后，我们在中山路步行街找到了兰琴古厝。李安娜女士听说我们到了，便出来迎接。志愿者扶着我跨过门槛，穿过天井，走到厅中。娜姐请我们品茶，温和的语调，亲切的话语，使我欣喜。我摸着雕花的木凳扶手，心里想：时代进步了，好人更多了！

天晚了，她们扶我走进铺着木板的房间，待我熟悉环境后，各道晚安。

我关上双开的木门，那木头的门闩也是我童年时见过的，我坐在高高的雕花大床上，心里想，这罗帐，这绣花的帐眉，这古色古香的木凳和茶几都该是文物了吧！

次日一大早，林晓蕾来了，她还为我打了一份面线糊，待我用过早餐，便驱车带我前往厦门机场。途中，林晓蕾说："前几天，您通过微信转账，托我订旅馆的两百元，现在要还给你，这是娜姐交代的。因为昨天晚上的住宿费，她已经交了，娜姐要请客。"我心里想：在中山路住在古典风格的民宿里，非区区两百元所能及的，志愿者的好意我心领了！以后如果遇到需要帮助的人，我也要这样善待他们。

在机场服务台前，林晓蕾把我的手机号、航班班次等信息填在表格里，交给工作人员。工作人员将写着我的名字和航班班次的标记贴在我的右胳膊上，带我去安检。林晓蕾还不放心，跟到了安检门前，不断地嘱咐……

工作人员带我到了候机大厅，她说："您先在这里坐一会儿，等下我会提前带您上飞机，需要什么帮助，可以举手示意，到了长春后，工作人员会带您出机场。"

经过四个小时的飞行，飞机抵达长春机场。工作人员带我刚出机场，就看见几个年轻人举着牌子，原来他们是特教学院派来的志愿者。

到了旅馆，特教学院的志愿者还要去办别的事情。此时，长春心语志愿者协会派来的长春理工大学学生马亚伟和刘新纪同学已在等候。马亚伟向我介绍，9 月 20 日和 23 日由他们为我服务，9 月 21 日长春大学理学院的杨炫和王丽静同学会来，9 月 22 日他们招到了另外一位志愿者。

在旅馆稍作安顿，我迫不及待地带着两位志愿者走进长春大学，去寻找那熟悉的校舍和树林里的小路，那是对青春岁月的追忆，有欢喜，有感伤，每一个细节都铭刻在心，仿佛不久之前刚经历过。

我们转到特教学院楼前，许多老同学在那里或拍照，或拥抱，或拉着手说个不停。我和几位同学走到四楼，找到了我们的琴房，翻开琴盖，没唱几句就哭了……

那几日，除了开会，我总在学校的树林里逗留、徘徊。《也许过于珍惜》《曾经那样美好》《梦中的倩影》《流浪的云》等歌曲，都是在这片树林里写的。星移斗转，我心依旧！

1988 年我刚到长春时，曾与几位同学去南湖划船，那天的情景我终生难忘！为了找寻往日的足迹，我趁同学聚会的间隙带着杨炫和王丽静两位志愿者，迅速打车到南湖转了一圈后，立即赶回。

我在长春大学读书时，同宿舍的全盲同学曾有老乡带他去伪满皇宫博物院游览，那时我也想去，但总不凑巧。这次回母校参加院庆，有七位志愿者轮班来照顾我，我很想满足一下曾经的小小心愿，于是我在微信群里表达了这一愿望。9 月 22 日上午 8 点半，志愿者陈艾茵来到我的住处。我说：“我用手机叫一辆车来，一起去伪满皇宫博物院。”她说：“附近就有轻轨车站，坐轻轨去更快。”于是，陈艾茵带我到了轻轨车站，她用我的残疾证在窗口免费领了两张车票，随后带着我上了轻轨车厢。路上，我问陈艾茵："轻轨车在十字路口遇到红灯怎么办？"她说："轻轨车可以像汽车那样停下来，等绿灯亮了再走。"

那几日，从院庆主会场到论坛报告厅都是马亚伟、冯笑、刘新纪等同学轮流陪伴，使我行动自如。后来杨炫、王丽静同学还帮我把院庆的相关材料邮寄回福州。

院庆结束后，特教学院仍派志愿者开车送我去机场，因为晚上 7 点半才能到达厦门，所以我不敢再麻烦志愿者，我就打电话叫国苏去厦门机场接我。

在回福州的动车上，我对国苏说："现在各城市、各高校都有志愿者组织，残疾人在出行、护理等方面得到了帮助。"国苏说："共青团中央开发了一个志愿汇 APP（手机软件），我也要在上面注册当志愿者，希望能帮到别人。"我说："现在信息技术很发达，我可以用智能手机叫车、点餐、购物，觉得生活很方便，最高兴的是，我还学会了用手机上网、在微信里与朋友聊天，生活的圈子大了好多！"说着说着，我在酷狗音乐里搜索到了自己作词、作曲的《志愿者之歌——让生命更精彩》，我将这首歌在微信里分享给此行帮助过我的志愿者。

志愿者之歌——让生命更精彩

（词曲：陈君恩）

当你带着微笑走来
我的世界缤纷多彩
学会感恩懂得去爱
心灵沟通无障碍

满怀深情伸出双手
我们拥有真诚的爱
助人为乐共同分享
和谐家园建起来
真诚的关怀
真心的爱
志愿精神传四海
生命更精彩
真诚的关怀
真心的爱
志愿精神传四海
生命更精彩

我和国苏唱着唱着，动车就到了福州南站，父子俩坐上了最后一班地铁，于 9 月 24 日 23 点 50 分到家。

那天晚上，我辗转难眠，回想起多年来，是志愿者的帮助伴我走出人生坎坷。我不禁感慨道：有爱的世界真好！有爱就有光明！

黑暗中搀扶前行

2018 年暑假期间，福州市盲校吴书记打电话给我，她说：“永泰有一位青年小林去年考上江苏大学，但因眼睛手术失败，未能去学校报到。刚才他姐姐打电话到盲校来，我把你的手机号给她了，你详细了解一下，看看能不能帮到他。”

我接到小林姐姐的电话后，便邀请小林到我家坐坐。8 月 5 日上午，小林的姐姐、姐夫带着小林到了我家。小林自幼丧父，家境困难，但学习成绩优异。初二时，眼睛意外受伤，多次手术失败导致视力恶化。后来，他以年段第一的成绩考入永泰一中。虽然视力弱，最终还是以超本一线 65 分的成绩考入江苏大学。可是在去大学报到的前一个月，小林因视力急剧下降被迫休学。于是他又去上海动手术，最后手术失败，他双目失明。

小林说，他休学在家已有一年，觉得前途渺茫，长期如此也不是个事，于是姐姐打电话到盲校咨询，希望能找到出路。

我告诉小林，现在盲人可做到阅读无障碍了，每一部智能手机都带有语音功能，只要在设置里打开这个功能，盲人就可以用微信、QQ 与人交流。既能在微信读书里搜索电子书，也能在喜马拉雅等平台上听有声书。于是，我为他演示了用 26 键键盘，在手机备忘录里打字，小林和他的姐姐觉得很惊奇。

我在教小林使用智能手机的同时，又拿出笔记本电脑，跟他说："眼睛看不见后，可以借助电脑继续学习，长春大学特殊教育学院、北京联合大学（以下简称'北联大'）特殊教育学院等高校都有招收视障学生，这些学生多数学按摩专业，也有少数学习音乐、中文、外语。你先学电脑和盲文，再学会独立生活的能力，争取明年重回大学校园。"我边演示电脑边说："只要在普通的电脑上装上读屏软件，屏幕上的中、英文都能读出来。我们不用鼠标，靠键盘上的光标键和快捷键即可操作。这需要有人教，我介绍你住在我学生开的按摩店里一段时间，向他们学习盲人操作电脑的方法。"小林姐弟觉得很好，希望马上就能去，还问我是否需交一点伙食费。我笑着说："这都不需要，张美艳夫妇很热心，以前有一位外地来福州打工的盲人生病了，他们还捐钱帮她去住院。"于是我拨通了美艳的电话，向她简单介绍了小林目前的处境与需求，美艳爽快地答应了，让他现在就过去。于是，我将笔记本电脑装包让他带去。小林的姐姐问："如果笔记本电脑用坏了怎么办?"我说："那就扔掉。"过了一会儿，他们就带着小林到美艳的店铺去了。

当天晚上，美艳打电话向我反馈，她说："小林很聪明，学得很快，小林的姐姐希望我能教他按摩，以后在我店里做工。"随后几天，我在电话里和小林的姐姐商量小林重回大学校园的事情。电话里，她担心小林眼睛看不见，怎么去食堂、去教室，还担心大学毕业后能做什么。我对她说："一个眼睛看不见的人，到省外读大学，肯定会遇到困难。这些困难我都经历过，面对困难，就要去解决，不应该因畏惧困难而不敢迈出第一步。至于读了大学以后有什么用处，我真不知道。但求学这个方向是正确的，至少来说，为小林的未来提供了新的可能性。"

后来他们经过商量，希望小林能到福州市盲校职专部学习按摩。福州市盲校不仅学杂费全免，还为学生提供伙食补贴。我想小林不想读大学，到盲校职专部学个职业技能也不错。于是，我与盲校领导商量小林在职专部寄读的事情。因为我想小林好不容易通过高考得到了江苏大学的学籍，如果退学来福州市盲校读中专太可惜了。但校领导回复说，他已请示过教育局，教育局领导回复说学生需要办理正式的学籍，不能寄读。没办法！于是，小林把学籍从江苏大学转入福州市盲校职专部。

小林在福州市盲校开始了双目失明后的新生活。首先，在心理上怎么适应；其次，走路、生活自理都需要锻炼。小林学盲文、学电脑都很刻苦，他的努力得到了同学和老师的认可。

有天中午，班主任翁老师带着小林来我宿舍，翁老师说："小林一直存着读大学的愿望，我带他过来让他自己把这些想法跟你说。"小林说，他想考北联大特殊教育学院。我说："考试时，盲文的摸卷速度和写字速度你比不过先天失明的考生。"翁老师说："小林很勤奋，最近摸、写的速度快多了。"我说："现在离考试只有半年多时间，盲文的语、数、英符号很复杂，一两年内摸读速度肯定上不去。"小林说："如果能单独设一个考场，老师读考卷我用钢笔作答，就来得及。"我说我帮他问一下。于是小林开始复习高中课程，为报考北联大做准备。

我们为他准备了盲文版和普校版的高中课本。起初，盲校的老师为他读普校版的课本，后来觉得这样做效率太低。我在福建省同人助残志愿者服务中心的帮助下，组织了27个志愿者同时把书分章节录在手机里，然后打包通过QQ汇总到我这里来，以便小林复习。

过了一段时间，《光明日报》的彭记者和北联大的张奇同学均反馈，北联大往年也遇到过中途失明的考生，他们都是与先天失明的考生一同考试。如果为小林单设考场，这对其他考生不公平。小林明知困难很大还是坚持不懈地努力着。

小林在"班班有歌声"歌咏比赛中讲的话深深地打动了我。他以海伦·凯勒为例，认为残疾人也能活出精彩人生。尽管多次因眼疾手术中断学业，他仍坚持自学，顽强追梦。然而，就在大学梦即将实现时，不幸再次降临——半年内五次手术失败，导致失明。但小林没有放弃梦想，在盲校老师的帮助下，他学习盲文备战考试，坚信坚持就能创造奇迹，并以一首《倔强》感动全场。

一天中午，我在四楼走廊遇到翁老师，她说："因为今年高考报名的时间快截止了，明天小林要回永泰县教育局招生办报名。"我说："这件事情小林在微信里告诉我了。昨天晚上，小林的姐夫打电话给我，他说小林在盲校职专部学按摩，他觉得还没有什么压力，如果小林去北京读大学，他觉得经济压力很大，因为有四个老人需要抚养，北京那边的开销又很大。我担心他姐夫接小林回永泰报名时，在路上不经意中通过只言片语动摇了小林读大学的决心，我赶紧安慰他说盲人读大学，国家有许多优惠政策，我也可以通过努力为小林争取到基金会的资助。"翁老师说："小林学习很刻苦，如果他考上了大学，需要有人资助，我也可以出一份，虽然我的工资也不高。"翁老师的声音有点哽咽，她是一个心肠很软的人！我觉得心中暖暖的。

事情的变化从那天上午下班前我接到校长的电话开始，校长在电话里说："今天下午两点，长春大学特殊教育学院按摩系赵主任会来我们学校了解招收函授学生的事情，你和小刘都是特殊教育学院的校友，下午一起来参加座谈吧。"我放下电话后，立刻去四楼办公室找翁老师，请她帮忙把小林写给北联大的求助信及相关资料稍作修改后打印出来，装在文件袋里给我。我还请她带我走熟通向接待室的路。

不到两点，我带着文件袋第一个来到二楼接待室，过了一会儿，校领导和客人也到了，等他们谈完函授招生的事情后，我就向赵主任了解像小林这种情况，长春大学特教学院能不能为他单独设一个考场。赵主任说："前两年我还办理过，在其他大学读书的学生因双目失明转到我们学院来的。"我听了心里暗暗叫苦：小林已将江苏大学的学籍转到我们学校来了，他没有了大学学籍怎么转学呀！走出接待室，刘老师扶我去四楼，在楼梯上我的拳头重重地砸在刘老师的肩膀上。刘老师笑着说："你为什么打我呀?"我说："我恨我自己。"

等我的心情稍稍平复，我跟小林说："你打电话给江苏大学的辅导员，向她打听这种情况下还有没有机会转学。"后来，江苏大学的辅导员回复："过几天我去学校教务处问一下。网络上的退学手续办了没有，如果还没办，就可以转学。大学退学手续既有纸质的文件又有网络上注册的学籍管理，如果网络上的学籍还没退掉，纸质文件可以作废。"过几天，好消息传来了，小林在网络上的学籍还保留着。于是，我们着手帮小林做跨省转学手续。

翁老师通过网络了解到跨省转学的操作流程以及所要提交的相关材料，我在福建省残联工作的朋友也给了具体的指导，江苏大学和长春大学的教务处领导也很支持，两校的学生志愿者也在帮忙，因为跨省转学所需要的材料太多了，即使有这么多人帮忙，还是拖了半年多才把转学手续办好，小林只好与2019级的新生一起入学。

转学手续办好后，我就与福建福海文教基金会、福建大丰文化基金会等单位联系，使小林在五年本科的学习过程中经济困难的问题得到解决。

2020年寒假，小林来到我家，将其千里迢迢带回的蒲公英作为礼物送给我以表达谢意，他还将考试成绩通过微信发给我，十二门课程的成绩中，90分以上有四门，80分以上有两门，三门优秀，三门良好。我们为小林终于实现了大学梦而感到欣慰，希望他继续努力，将来有一个好的前程。

很幸运，在小林大学毕业的前一年，福州市盲校有一位按摩教师退休了，小林就有了竞争这个岗位的机会。2024 年 2 月，小林带着两本厚厚的考编制的书来我家寻求帮助，我抱着这两本书直发呆，一本三百多页，一本接近五百页，都有 A4 纸那么大，这怎么能把它扫描成 Word 文件啊？考虑了许多天，我把这两本书拆散了，交给几十个志愿者，请他们用手机扫描成电子书后发给我，小林得到电子书后埋头学习，终于闯过道道难关，成为盲校的一名按摩教师。

拨开乌云终见日，守得云开见月明。

后　记

夜，降临榕城，干燥的街，还充满着夏日的暑气。妻子外出回来告诉我，三坊七巷的红灯笼映照着石板路，古色古香，很典雅。那暗红的灯光是否照到了街角的紫色三角梅？一树的璀璨，经风一吹，会不会星落如雨？此刻，我好想走入古旧的小巷，披一身灯光花影，听古箫声动，笑语频仍……一念至此，便要起身，呼朋唤友，与我同往三坊七巷，却突然意识到自己的书并未大功告成，还差一篇后记！一时间，情思翻腾，书中出现的那些人像红灯笼一样闪烁在我的心头，那些事像绚烂的三角梅一样盛放在我的脑海，思绪一下子拉到七年前……

七年前的一天，我在大街上走着，抬了一下手腕，路人甲见我腕上有块手表，惊讶地叫了起来："盲人也戴手表?!"路人乙也欢快地叫了起来："怎么你也会看时间?"我对他们的大惊小怪见怪不怪，举起手腕，告诉他们："这是盲人专用手表，我不是看时间，是摸时间。"我打开表盘的玻璃罩，触碰表针，给他们演示盲人是怎么看时间的。

后来，当别人看到我打电话、玩电脑时总会惊呼：

“你怎么会……”我为什么不会呢？除了双眼失明，我智力正常，身体健康，我上过大学，也自己摸索学会了很多生活技能。就像森林中的树，一棵比一棵高，竞相生长，都是为了生存啊！况且随着科技发展，许多高科技产品如语音读屏软件也为盲人提供了很多便利，丰富了盲人的生活。

但这些，没有几个人了解。出于偏见或误解，许多人以为盲人困守一屋，足不出户，除了经济窘迫，精神生活也极端贫乏，缺少娱乐，呆板无趣。这样的生活纵然不令人绝望，至少也会使人沮丧。

但有的盲人就能走出户外，晒一身阳光的味道；能够自力更生，成为有益社会的有为之人；能够娶妻生子，拥有美满幸福的家庭……这是我的人生，一个出生在福州城一间木头民居、14岁即失明的盲人的大半生。童年懵懂，少年遭遇当头一棒，青年风雨兼程，中年之后越发心平气和，苦难的种子埋进土里，却长出祝福的花果。

我要把这一生写进书里，不是为我立传，而是为天下盲人立传，写他们的生存与挣扎，写他们的艰辛与平淡，写他们的梦想与失落。23年前，在给妻子的第一封情书里，我就萌发了要写一些反映盲人生活文章的念头。如今，时光催人老，岁月忽已晚，我和我书里的那些人和那些事都慢慢遗落在风尘里，如果再不提笔，不知何日还能重扫满地落花，画一抹当初的浅笑嫣然。

值此书完成之际，我首先感谢那些为我的生命注入爱心的人，他们是家人，是老师，是同学，是朋友。他们是我生命的原动力。

我还要感谢陪伴我、帮助我的以大学生为主的年轻志愿者，这十几年来，他们给我的生活增添了许多色彩。在撰写本书的过程中，福建金融学院的袁俊凡同学，福建师范大学的朱苗苗同学，福建农林大学人文学院、福建医科大学基础医学院、福建师范大学社会历史学院的志愿者，在打字、校对方面给予了大力支持。

我还要特别感谢福建师范大学社会历史学院的赵春萍同学，她将我的随笔进行编排，整理成了后五章，并在文字修饰方面提出了许多宝贵的意见。

最后我还要感谢福建省人大常委会副主任张广敏先生的欣然作序。

哦，对了，差点忘了最重要的：我的妻，此书谨献于你，23年前我对你的承诺兑现了！

2014年10月

编者的话

将苦难转化成祝福，这是一个令人百思不得其解的话题。一个人中途双目失明，这是一个多么巨大的灾难啊！然而君恩老师却将苦难转化为对生命的祝福。人生在世如同夜行者，无法看清前面的路，但靠着心灵的眼睛便能看到太阳升起的方向，只要朝着这个方向前行，曙光就会出现在夜的尽头。

君恩老师40多年来努力挣脱命运的罗网，在逆境中坚强，在困境中快乐，一步一个脚印地朝着真善美的方向艰难跋涉，终于从黑暗走向光明，既祝福了自己，也祝福了身边的残疾人。相信您看了这本书，听了这些歌，就会了解挣脱命运罗网之内涵，希望书中所讲述的故事和故事中所包含的思想，对您能有所启示。

注：本书入选《2016年全国中小学图书馆（室）推荐书目》。

歌曲合集

扫描该二维码可以欣赏到书中提及的以下 14 首歌曲。

1.《强者之歌》

（演唱：陈金灿　伴唱：福建省歌舞剧院合唱队　词曲：陈君恩　MIDI 制作：胡小环）

2.《不敢从这里走过》

（钢琴弹唱：黄延平　词曲：陈君恩）

3.《爱的天空》

（演唱：黄欣　词：潘力鹰　曲：陈君恩　MIDI 制作：胡小环）

4.《爱心》

（演唱：福建省歌舞剧院合唱队　词曲：陈君恩　MIDI 制作：朱凌琦）

5.《唱给你听》

（演唱：陈金灿　词曲：陈君恩　吉他伴奏：陈君恩）

6.《也许过于珍惜》

（演唱：陈金灿　词曲：陈君恩　MIDI 制作：黄延平）

7.《曾经那样美好》

（演唱：陈金灿　词曲：陈君恩　MIDI 制作：黄延平）

8.《流浪的云》

（演唱：陈金灿　词：佚名　曲：陈君恩　MIDI 制作：黄延平）

9.《你的城市下雪吗》

（演唱：陈金灿　词：晓芳　曲：陈君恩　MIDI 制作：黄延平）

10.《如果能使你得到光明》

（演唱：董狄　词：潘力鹰　曲：陈君恩　MIDI 制作：卢荣昱）

11.《我要对你说我爱你》

（演唱：郑海兵　词曲：陈君恩　MIDI 制作：黄延平）

12.《志愿者之歌——让生命更精彩》

（演唱：陈金灿　词曲：陈君恩　MIDI 制作：卢荣昱）

13.《简单生活》

（演唱：陈金灿、黄延平　词曲：陈君恩　MIDI 制作：黄延平）

14.《爱的活水从天来》

（演唱：福建省歌舞剧院合唱队　词曲：陈君恩　MIDI 制作：卢荣昱）